Pierre Véry

Les disparus de Saint-Agil

Illustrations de Nathaële Vogel

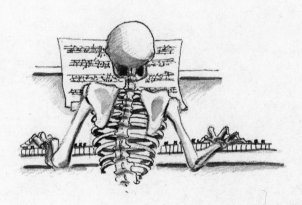

Gallimard

Prologue

— Ce doit être derrière ce bois, de l'autre côté du canal, dit Prosper Lepicq.

Jugonde étouffa un ricanement et redressa d'un mouvement rageur un colis mince, enveloppé de papier brun, qu'il tenait serré sous l'aisselle.

L'avocat s'était arrêté. Sa tête pointue pivotait sur son cou long, à la pomme d'Adam saillante. Ses paupières battaient sur ses prunelles d'oiseau de nuit, d'un jaune trouble.

— Chambry ici… Là-bas, Crégy… La route de Vareddes… Je ne me trompe pas.

Le secrétaire grogna :

— Ce patelin est sinistre !

— Nous ne le voyons pas du même œil, riposta l'avocat.

– Vous n'êtes pas difficile !

La boue du sentier était grasse, extrêmement glissante. Le secrétaire trébuchait.

– Saloperie de temps !

Malgré que l'on fût dans la deuxième semaine de juin, une pluie fine tombait, gaufrant la surface du canal de l'Ourcq, tissant au-dessus de la Brie une immense et brillante toile d'araignée.

– Je trouve ce temps très convenable, déclara Lepicq. Juste la sorte de temps que je rêvais pour cette expédition.

Il s'arrêta de nouveau.

– Pas de doute. C'est bien derrière ce bois. Nous allons traverser le canal.

– À la nage, probablement ? ironisa Jugonde, exaspéré.

En amont ni en aval, si loin que l'on pût voir, aucun pont.

Deux percherons au garrot croûteux tiraient vers Meaux une péniche chargée de sacs de chaux. À l'horizon, les tours de la cathédrale, voilées de brume, semblaient leur propre reflet dans un lac.

L'avocat montra, à flanc de talus, l'entrée d'un boyau sombre, très bas et étroit.

– L'aqueduc. Il passe sous le canal. Courbez-vous.

Un ruisselet filait au milieu du tunnel. Les deux hommes avaient beau marcher jambes écartées, l'eau léchait les souliers détrempés par la pluie, les semelles trouées. Un rat jaillit hors d'une poche, cria, replongea.

– Est-ce qu'il s'agit de bijoux volés ? questionna le secrétaire.

– De quoi parlez-vous ? fit l'autre, surpris.

– De ce que vous m'emmenez si mystérieusement déterrer.

– Ce ne sont pas des bijoux.

– Des billets de banque ? Des valeurs ? Des lettres compromettantes ? Des documents intéressant la défense nationale ?

– Rien de semblable !

– Un cadavre, alors ?

– Pas exactement. Quoique cela… À la rigueur… Une espèce de cadavre.

Jugonde soupira.

Un cadavre… Cela pouvait signifier de l'argent. C'est merveilleux, tout l'argent que l'on peut faire sortir d'un cadavre, avec de l'habileté, lorsque les circonstances s'y prêtent !

Cet argent arriverait à point. Jamais la situation n'avait été aussi critique, au point de vue matériel, même durant l'hiver 1934, lorsque les deux hommes, sans gîte, s'étaient vus réduits à dormir dans une guinguette abandonnée du parc de Saint-Cloud et à y dérober, pour les revendre, des litres vides, afin de subsister. Alors, du moins, leurs costumes gardaient une certaine apparence. Tandis qu'à présent…

La pensée de Jugonde revint à ce cadavre qu'on allait déterrer.

– Il s'agit d'un crime, bien entendu ?

L'avocat ne répondit point.

– J'espère que nous n'allons pas tomber sur un suicide ? lança encore le jeune homme.

Pas davantage de réponse.

Jugonde haussa les épaules.

Ce jeudi-là, dans la matinée, Lepicq avait décidé à l'improviste cette expédition, sans vouloir en dire l'objet. On était parti avec un maigre sandwich dans le ventre et, sans s'attarder à Meaux, on s'était engagé dans la campagne. Mais l'avocat ne devait être en possession que de renseignements ou d'indices assez vagues. On avait poussé des pointes dans toutes les directions, au petit bonheur.

– Voyons… Ici, Vareddes… Là-bas, la route de Trilport… Montons jusqu'à ce hameau. Ce doit être sur la gauche.

On montait jusqu'au hameau. Mais ce n'était pas sur la gauche. Ni sur la droite.

On arrivait à une patte d'oie. Arrêt. Hésitations. Lepicq s'orientait. Sa main exécutait devant sa face de hibou, fouettée par la pluie, des aller et retour, à la manière d'un essuie-glace automatique sur le pare-brise d'une auto.

– Poussons jusqu'à ces pylônes. Sauf erreur, il doit y avoir une voie ferrée d'intérêt local. Il se peut que ce soit près de cette voie ferrée.

On repartait. Une excitation surprenante soutenait Lepicq. On avait fait de la sorte un chemin du diable. Il était maintenant près de quatre heures. Le secrétaire se sentait éreinté. La faim lui donnait des tiraillements d'estomac. En outre, il y avait cette pluie ténue, têtue, ces millions d'aiguilles d'eau qui semblaient transpercer jusqu'à l'épiderme, et sous lesquelles, à travers la plaine briarde, on cherchait, pour le déterrer – Jugonde venait enfin de l'apprendre –, un cadavre qui, à proprement parler, n'était pas un cadavre, mais était pourtant un cadavre – à la rigueur !

Le jeune homme déduisit qu'il s'agissait de débris humains. L'essentiel n'était d'ailleurs pas là. D'abord, dénicher ce cadavre ! Après, on verrait à lui faire suer tout l'or que l'on pourrait.

De l'autre côté du canal, l'avocat escalada un remblai.

— Cette fois, j'y suis ! Derrière ce bois nous allons trouver un quartier de meulière. C'est là. Venez.

— Quel bled !

À perte de vue, toujours la même étendue plate, déprimante à force d'uniformité.

Lepicq s'était jeté dans un chemin impossible : une vraie piste de boue. Jugonde releva le bas de son pantalon. Ainsi, sa silhouette était celle d'un gamin de seize ans. Le sol visqueux exerçait sur les semelles une succion goulue. La contrée, sur des kilomètres carrés, n'était qu'une monstrueuse ventouse.

L'avocat pataugeait avec entrain, considérait d'un air ravi ses chaussures couvertes d'une épaisse couche de glaise.

On pénétra dans le sous-bois. Des oiseaux partaient entre les branches, sans un cri. Au moindre coup de vent, les arbres laissaient tomber sur les deux hommes une douche glacée. L'eau coulait le long de la nuque, s'insinuait entre peau et chemise. C'était extrêmement désagréable.

À l'orée du bois, tandis que le sang sautait aux joues de Jugonde, Lepicq eut une exclamation de triomphe. Il y avait là un énorme quartier de meulière, ainsi qu'il l'avait annoncé.

— Vite ! La pioche !

Le secrétaire, devenu soudain aussi fébrile que son patron, développa le paquet qu'il portait depuis le matin sous l'aisselle.

– Il faut attaquer du côté sud, expliqua Lepicq.

Mais le ciel était bouché.

– Avez-vous idée de la direction où peut se trouver le sud ?

– Pas la moindre !

– Tant pis ! Nous allons attaquer au hasard.

L'inspiration favorisa l'avocat. Au bout de dix minutes de travail, le bec de la pioche heurta une matière qui n'était ni de la terre ni du roc, et rendit un son caractéristique. Peu après, Lepicq ramenait au jour et déposait sur le quartier de meulière une caissette de chêne assez profonde, d'environ quarante centimètres sur trente.

– C'est ça, votre cadavre ? s'exclama Jugonde.

Le détective-avocat se tourna vers son disciple. Une lueur insolite brillait dans ses yeux. Une expression que le secrétaire ne lui avait jamais connue, faite d'une douceur et d'une mélancolie presque poignantes, était peinte sur ses traits. Jugonde eut le sentiment que son patron ne le voyait pas, qu'il suivait, très loin, tout au fond du paysage battu de pluie, une vision émouvante, des fantômes fuyants.

Enfin :

– Oui, dit l'avocat. C'est ça, le cadavre !

Avec un ciseau, Lepicq souleva précautionneusement le couvercle de la caissette. Sur un lit de velours bleu aux trois quarts rongé par l'humidité reposaient un crâne décharné, le squelette d'une main et, auprès de ces ossements jaunis, une bouteille bouchée et cachetée qui contenait un mince rouleau de parchemin. Soigneusement, Lepicq ôta le capu-

chon de cire, retira le bouchon, fit couler le rouleau. Sur ce
dernier avaient été tracés, à l'encre rouge, une vingtaine de
noms. Lepicq les recopia puis remit le rouleau dans la bouteille qu'il reboucha.

— La cire… le briquet… demanda-t-il.

Lorsque la bouteille fut recachetée, l'avocat la recoucha
dans la caissette. Puis il se mit à rêver.

Jugonde ne savait quelle contenance adopter, n'osait
demander d'éclaircissements. Le sifflement d'un tortillard,
qui avançait avec lenteur à travers champs et semblait rou-
ler sur la terre même, tant il tanguait, éveilla de sa songe-
rie l'avocat qui replaça le crâne dans la caissette, remit le
couvercle et rendit à la terre cet étrange cercueil. Le trou
fut rapidement comblé.

— Rentrons, dit ensuite Lepicq avec brusquerie.

ᖇ

Un peu plus tard, les deux hommes arpentaient de nouveau une route. À un croisement, ils virent déboucher une
longue procession noire : des collégiens qui revenaient de
promenade, par rangs de trois. Un surveillant marchait à la
hauteur de la dernière rangée.

Lepicq et Jugonde suivirent.

À un certain moment, la tête d'un homme parut au-
dessus d'une haie. Il regarda défiler les gamins, puis sortit
un carnet de sa poche et y inscrivit une note.

Lepicq sourit.

Bientôt, ayant toujours sur ses talons l'avocat et le secrétaire, la bande pénétrait dans Meaux, coupait la ville en

oblique, s'engageait dans la rue Croix-Saint-Loup et parvenait au pied d'un vaste immeuble dont la porte s'ouvrit, découvrant une voûte sous laquelle les enfants s'engouffrèrent. C'était la pension Saint-Agil, un établissement privé bien inférieur en importance au collège Bossuet et à l'école Sainte-Marie.

Quelque temps, Lepicq fit les cent pas devant la pension d'où arrivaient maintenant des éclats de voix, des appels, des rires, toute une joyeuse rumeur.

Une cloche sonna : aussitôt le silence s'établit.

L'avocat semblait perplexe. Il considérait tantôt le porche de la pension, tantôt son costume trempé et élimé. Enfin, il étudia la liste qu'il avait copiée sur le parchemin enfoui dans la plaine.

Il prit une décision :

— Jugonde, allez m'attendre dans ce café, là-bas. Je vous y rejoins dans un moment.

Il s'enfonça dans le dédale des rues tortueuses, aux pavés inégaux.

Moins d'une heure plus tard, il était de retour rue Croix-Saint-Loup. Il arborait un costume neuf, un chapeau neuf, des chaussures neuves ; il était ganté. Grand et svelte, sa silhouette attirait le regard et son profil anguleux le retenait.

Il sonna à la porte de la pension Saint-Agil.

— Je désirerais parler à M. le directeur.

La concierge dévisagea longuement l'homme à la mine de hibou avant d'allonger le bras pour désigner, derrière les arbres d'un parc, un bâtiment gris.

— C'est là-bas.

Prosper Lepicq s'engagea dans une allée assez large qui aboutissait à un perron. La pluie, dans les feuillages, faisait un menu bruit de tambour. Il passa devant un pavillon bas, lut ces inscriptions : Infirmerie, Parloir, Lingerie. Au-delà d'une barrière, il aperçut une cour de récréation déserte. Parce que le temps était sombre, des ampoules brûlaient dans une vaste pièce : la salle d'étude.

L'avocat examinait toutes choses avec curiosité, mais sa pensée revenait sans cesse à cette main de squelette, à ce crâne jauni qui reposaient, du côté de Vareddes, dans l'argile briarde.

Une cloche tinta pour annoncer le visiteur.

Le numéro 95

Le numéro 95 ferma les yeux et s'appliqua à respirer fort, avec régularité. Il n'avait pu réprimer un tressaillement lorsqu'il avait perçu le grincement annonçant que la porte s'ouvrait. La lueur bleuâtre de la veilleuse était trop faible pour que l'on pût voir tourner le bouton de porcelaine. Aussi, malgré que le numéro 95 attendît ce grincement, et peut-être justement en raison même de l'impatience avec laquelle il l'attendait, en avait-il ressenti une secousse nerveuse.

L'homme était entré, avait refermé. Le numéro 95 entendait s'élever autour de lui les respirations de ses camarades ; certaines extraordinairement légères, d'autres rauques, encombrées.

L'homme circulait entre les couchettes. Toutes les cinq secondes, le numéro 95 se demandait en quel point du dortoir le personnage pouvait se trouver. C'était impossible à déterminer. Il se déplaçait très silencieusement. Peut-être, en ce moment, se tenait-il au pied du propre lit du numéro 95, et l'épiait-il...

Une voix s'éleva, prononça quelques mots sans suite : un élève qui parlait dans son sommeil. Un autre poussa une sorte de gémissement de bien-être.

Contre les vitres, un crépitement. Il pleuvait. On avait beau être en juin. Il pleuvait tout le long de l'année, dans ce satané pays.

L'homme ouvrit une seconde porte, qui grinça elle aussi. Elle donnait sur un vestiaire. L'homme pressa le ressort d'une lampe électrique et promena un regard doux sur une trentaine de paires de chaussures boueuses alignées dans des casiers, à côté de boîtes contenant du cirage, des brosses, un chiffon de laine, un couteau ou un grattoir ébréché. Puis il ouvrit une troisième porte, fouilla, du faisceau de sa lampe, les ténèbres d'un couloir et se dirigea vers le dortoir des « petits ». C'était M. Planet, un homme mince, aux traits émaciés. Il occupait le poste de préfet de discipline à la pension Saint-Agil : il effectuait sa ronde accoutumée.

Le numéro 95, un garçon noiraud et sec, de petite taille, se nommait Mathieu Sorgues. Il passa une main aux doigts frêles sur son front plat et tourmenta son nez plat qui s'achevait, drôlement, en boule.

Un moment, il attendit, gardant ouverts dans la pénombre des yeux narquois. Ses mâchoires remuaient.

Il mastiquait des tablettes de chewing-gum « pour activer le développement des maxillaires », afin de se donner « l'air énergique ».

Il n'était pas seul éveillé. À l'autre extrémité du dortoir, il y eut un froissement de draps rejetés et une forme pâle marcha furtivement vers une couchette, s'inclina sur un chevet.

– Tu dors ?

– Non.

Suivit un chuchotement interminable. Le numéro 95 eut un ricanement intime, puis :

– La ferme, les filles ! siffla-t-il, agacé.

L'élève se redressa et regagna son lit après avoir grommelé une injure.

Le numéro 95 attendit encore. Le quart passé minuit sonna. Tout le monde dormait, à présent. Ce jeudi-là, on avait fait une promenade très longue. On était rentrés harassés. Derrière un rideau blanc, un ronflement montait : celui du surveillant dans son alcôve.

Le numéro 95 se leva. Il avait gardé son pantalon et ses chaussettes. Il commença de contourner son lit. Mais, à cet instant, la porte grinça de nouveau. Mathieu Sorgues n'eut que le temps de se rejeter sous ses couvertures : le préfet de discipline revenait...

M. Planet avait l'habitude de circuler sans fin à travers le bâtiment. Comme doué de divination et, presque, d'ubiquité, il apparaissait, neuf fois sur dix, à la seconde précise où l'on eût souhaité qu'il fût loin. Rarement faisait-il une observation, mais, sur un calepin, il notait : « Untel, dissipation sur les rangs.

Untel, bourdonne au dortoir. Untel, mange en salle d'étude. »

Ce qui impressionnait le plus les élèves, c'était que M. Planet ne dormait pratiquement jamais, se contentant de brefs assoupissements à son bureau, le front entre ses mains. Il ne pouvait pas rester couché. « Conséquence d'une affection de la colonne vertébrale », murmurait-on.

Il passa ; sortit. Mathieu Sorgues, inquiet de ce retour imprévu, laissa s'écouler plus d'une demi-heure avant de bouger. Enfin, l'oreille tendue, il quitta le dortoir sur la pointe des pieds, tâtonna à la recherche d'une rampe d'escalier, se mit à descendre.

Les dortoirs étaient installés au troisième étage. Au second, Mathieu Sorgues s'approcha d'une porte, écouta : c'était la chambre de M. Donadieu, l'économe. M. Donadieu était affligé d'un polype nasal. Sa respiration, lorsqu'il était endormi, faisait songer à une série de brefs coups de sifflet.

Mathieu Sorgues entendit les coups de sifflet. Rassuré, il s'éloigna, traversa une vaste pièce : la salle de jeux, longea un couloir et pénétra dans une salle exiguë qui était la classe de sciences naturelles. Des bancs, des pupitres, portant d'innombrables marques de coups de canif, une chaise et un piano la garnissaient. La présence du piano s'expliquait du fait que c'était également là que se donnaient les leçons de musique et solfège. Autour de la pièce se dressaient des placards vitrés renfermant des bêtes empaillées, des collections de papillons, d'insectes, de plantes, de minéraux, quelques reptiles dans des bocaux d'alcool. Aux murs, des planches anatomiques : l'écorché, le système nerveux, le système musculaire, la circulation du sang. Une odeur de naphtaline flottait. Le plafond était constellé de boulettes de papier mâché expédiées là par des élèves à l'aide d'élastiques, pendant les cours.

Le dernier placard contenait un squelette monté sur un socle à roulettes.

Mathieu Sorgues s'accroupit au pied de la chaire, ses doigts coururent sur le bois ; un clou jouait dans son alvéole, il le retira aisément et fit pivoter une planchette, découvrant ainsi sous l'estrade un espace vide d'où il ramena un coffret de carton bouilli. Il en sortit des allumettes de cuisine et une bougie, qu'il alluma.

Ensuite, il s'en fut extraire du placard vitré le squelette, l'installa devant la chaire et fixa la bougie à l'intérieur de la boîte crânienne, dont la calotte avait été enlevée. Il agissait avec méthode, sans gestes inutiles, sans bruit.

Le coffret renfermait en outre divers papiers, un gros cahier, des cigarettes anglaises, un cendrier, trois porte-plume, un tampon de caoutchouc et un lourd encrier de métal à couvercle tournant et triple réservoir : pour l'encre noire, l'encre rouge et l'encre bleue.

Mathieu Sorgues ouvrit la fenêtre et ferma les persiennes. Il prit dans un coin une longue tringle creuse, dont il appuya un des bouts sur le rebord de la fenêtre et l'autre sur la chaire, puis il alluma une cigarette et souffla dans la tringle la fumée qui, par ce procédé, se trouva directement expulsée à l'extérieur. Cette précaution à cause de l'odeur.

Après cela, Mathieu Sorgues sortit du coffret le gros cahier et l'ouvrit. Une centaine de pages environ étaient couvertes d'écriture à l'encre tantôt rouge, tantôt bleue, tantôt noire.

Mathieu Sorgues relut les dernières lignes et réfléchit quelques instants. Ses paupières papillotaient, ses traits étaient tirés. Il était une heure passée et Sorgues avait sommeil. Néanmoins, il choisit un porte-plume, hésita encore un peu, considéra pensivement le crâne transformé en bougeoir et auquel la lueur de la bougie, jaillissant par les orbites, prêtait un aspect terrifiant. Enfin, il trempa la plume dans l'encre bleue et se mit à écrire.

Il n'avait tracé que quelques phrases lorsqu'il dressa la tête. Il venait de surprendre un crissement très léger. La pensée que M. Planet circulait dans le couloir et allait le surprendre dans l'attitude singulière qui était la sienne le glaça. Il rangea vivement cahier, encrier et cigarettes dans le coffret qu'il dissimula sous l'estrade dont il remit en place la planchette mobile. Puis il souffla la bougie et ramena le squelette dans le placard où lui-même s'enferma.

Lorsqu'il regagna le dortoir, le jet d'une lampe électrique le cloua au seuil du vestiaire. Pincé !

Le préfet de discipline ouvrit la bouche pour demander :

– D'où venez-vous ?

Mais l'aspect bizarre de l'élève, ses traits défaits, l'incitèrent à poser une autre question :

– Vous êtes souffrant ?

– Je crois que oui, monsieur, balbutia Mathieu Sorgues. Il était blême.

Le préfet de discipline effleura de sa paume le front du numéro 95.

– Dérangement d'estomac, sans doute. Je pense que ce ne sera rien. Remettez-vous au lit, tâchez de dormir. Je reviendrai dans un moment voir comment vous vous trouvez. S'il y a lieu, je vous conduirai à l'infirmerie.

– Merci, monsieur.

Mathieu Sorgues se recoucha. Ses dents claquaient : il ramena le drap sur sa tête.

Le préfet de discipline se rendit aux plus proches cabinets, qui s'ouvraient à mi-escalier. Il passa ensuite dans la salle de jeux. Il flairait.

« Curieux », se dit-il.

Il plaça la torche électrique sur un jeu de billard japonais et nota sur un carnet :

« Mathieu Sorgues s'est absenté du dortoir cette nuit vers une heure. Il s'est prétendu indisposé et le semblait. Mais je pense plutôt qu'il était sorti pour fumer. Son haleine sentait le tabac. »

Un moment après, il repassait au dortoir.

– Je suis mieux, à présent, monsieur, murmura Mathieu Sorgues.

Cependant, son front était brûlant, ses extrémités glacées.

Vers trois heures du matin, le préfet de discipline traversa de nouveau le dortoir, vint au lit du numéro 95. Les paupières de Mathieu Sorgues étaient fermées, sa respiration régulière. En réalité, il ne dormait pas, il feignait le sommeil. M. Planet s'y trompa.

– Ce devait être l'estomac…

À cinq heures et demie, heure du réveil en été, le bruit aigre de la crécelle tira du lit les élèves. Mathieu Sorgues avait passé une nuit blanche.

Le surveillant s'appelait Mirambeau, mais, à cause de sa forte corpulence, on le surnommait l'Œuf. C'était un hercule bon enfant, à la peau grasse et au cheveu indocile, qui avait conservé son visage d'adolescent et paraissait moins âgé que certains rhétoriciens.

Deux élèves étaient demeurés sourds à l'appel de la crécelle. M. Mirambeau se pencha à leur chevet.

– Qu'attendez-vous ?

– Je ne me sens pas bien, ce matin, monsieur. La tête me tourne. Je ne sais pas ce que j'ai, mais…

– Bon, bon ! Moi, je veux bien… Rappelez-vous que ce n'est pas moi, mais le docteur, qu'il s'agit de convaincre ! À huit heures, vous descendrez à l'infirmerie.

À l'infirmerie, ils étaient toujours une demi-douzaine qui tiraient leur flemme, sirotaient des tisanes, ne s'en faisaient pas une miette.

Au vestiaire, M. Mirambeau, l'œil vague, suivit les gestes des collégiens procédant aux ablutions à l'eau froide, et au nettoyage – combien rebutant ! – des chaussures boueuses. Il pressa les opérations :

– Allons, messieurs ! Nous traînons ! Nous traînons !

L'Œuf dormait debout. Il se détournait pour frotter, du poing, ses prunelles brouillées, car il avait le réveil difficile. La porte s'ouvrit. M. Planet parut. Les brosses, les grattoirs, les couteaux s'acharnèrent plus vigoureusement sur la boue séchée, soudée au cuir des chaussures.

Une épaisse poussière, brillante dans les premiers rayons du soleil, emplissait le vestiaire. Lui aussi, Mathieu Sorgues grattait, brossait, mais avec une expression morne, des mouvements d'automate. Une seconde, le regard du préfet de discipline se posa sur lui.

— Des malades ? questionna-t-il. J'espère que non.

— Deux seulement, monsieur le préfet, dit M. Mirambeau. Légères indispositions, rien de plus.

— Je vais voir cela, murmura M. Planet, méfiant.

Sur le palier du premier étage, la section des « petits » vint emboîter le pas à celles des « moyens » et des « grands ». Au rez-de-chaussée, une dizaine de gamins se détachèrent du lot et se dirigèrent, à travers le parc, vers l'infirmerie : c'était « la bande à l'huile de foie de morue ».

Durant les classes de la matinée, Sorgues fut distrait, s'attira des réprimandes. Au repas de midi, il ne toucha presque pas aux plats. Pendant la récréation de midi et demi à une heure et demie, il ne participa pas aux jeux, se tint à l'écart. L'après-midi, en classe d'histoire, interrogé sur le règne de Louis XIV, il bafouilla. En classe de mathématiques, envoyé au tableau noir, il « sécha » lamentablement. Il donnait l'impression d'entendre de travers les questions. Il faisait des réponses incohérentes.

Lors de la grande étude du soir, de cinq à huit, Mathieu Sorgues ne manifesta nullement l'intention de se mettre à ses devoirs. Il était abîmé dans une méditation qui menaçait de ne pas s'interrompre jusqu'à l'heure du dîner. M. Mirambeau, surveillant de dortoir, faisait dans la journée l'étude du soir. Un peu avant cinq heures et demie, après deux observations qu'il eut la gentillesse de venir adresser à voix basse au numéro 95, il se vit, quelque répugnance qu'il éprouvât à sévir, contraint d'ordonner :

– Sorgues, passez à la porte !

Cette phrase arrêta net le grincement léger des plumes courant sur le papier et le froissement des pages de manuels et de dictionnaires. « Passer à la porte » signifiait que l'on devait se rendre chez M. Planet, et faire l'aveu des causes qui avaient motivé cette sanction.

Le préfet de discipline, tout en vous caressant de son regard doux, vous « passait un savon », de cette voix dont l'inaltérable douceur impressionnait davantage que tout.

Il délivrait ensuite une autorisation de rentrer en étude : un *redeat* portant l'heure à une minute près. On n'avait plus qu'à regagner, séance tenante, la salle d'étude, et remettre le *redeat* au répétiteur. Naturellement, l'affaire impliquait une sale note à la clé, avec mention au bulletin trimestriel. Et pour ce qui était de la prochaine promenade, on pouvait en faire son deuil : on était consigné d'office.

Le répétiteur donna, du bout d'un crayon, trois coups secs, sur son bureau.

– Allons, messieurs, allons… Au travail !

Soixante têtes s'inclinèrent ; le bruit studieux, fait de grincements de plumes et de froissements de feuillets, reprit son train.

Le pupitre de Mathieu Sorgues se trouvait tout au fond de la salle d'étude. L'élève se leva, gagna l'allée centrale, traversa d'un pas égal la vaste pièce, passa au pied de la chaire sans broncher ni même lever les yeux. M. Mirambeau eut le sentiment que Sorgues était déjà retombé au plus profond de son rêve, ou, plutôt, n'en était pas sorti. Il secoua le front avec tristesse. Sorgues… Un garçon intelligent…

Le numéro 95 ouvrit la porte, sortit, referma.

↝

À huit heures, tandis que la cloche sonnait pour l'entrée au réfectoire, M. Mirambeau vint apporter son cahier de surveillance au préfet de discipline. Force lui fut de signaler que Mathieu Sorgues, mis à la porte de l'étude à cinq heures et demie, n'avait pas reparu.

– Comment cela ? s'étonna doucement M. Planet. Après que je l'ai eu sermonné une dizaine de minutes, je lui ai donné son *redeat*. Je me rappelle que ce dernier portait 5 h 45. J'ai regardé Sorgues s'éloigner, je l'ai vu parvenir à ce croisement de couloirs, tourner à gauche : il se rendait directement en étude…

Un bruit comparable à un fracas très assourdi de ressac sur une plage de galets s'entendit.

Sous la conduite du surveillant Lemmel, un homme

d'une quarantaine d'années, de grande taille et à visage rougeaud, les collégiens défilaient le long d'une galerie menant de la salle d'étude au réfectoire.

Une allée de longueur et de largeur égales, menant d'un côté aux cours de récréation et de l'autre au parc, coupait à angle droit, en son milieu, cette galerie. L'ensemble figurait une croix grecque.

MM. Planet et Mirambeau assistèrent au passage des collégiens, espérant apercevoir, revenu à la dernière minute, l'élève manquant. Ils ne le virent pas.

– Peut-être Sorgues a-t-il été pris d'un malaise subit ? suggéra M. Mirambeau.

En pensée, M. Planet revit le visage défait du numéro 95 lorsqu'il l'avait surpris au cours de la nuit, en pantalon et chaussettes, au seuil du vestiaire.

– Fort possible, murmura-t-il.

– Désirez-vous que je me rende à l'infirmerie, monsieur le préfet de discipline ?

– Merci, monsieur Mirambeau, j'irai moi-même, souffla M. Planet.

Il s'éloigna.

La porte de l'économat s'ouvrit. M. Donadieu, un vieil homme barbu qui occupait ses loisirs à faire de la reliure, s'avança en trottinant vers le répétiteur. Il sentait la seccotine. Il s'essuyait les doigts à son mouchoir.

– Je ne suis pas en retard ? s'inquiéta-t-il.

C'était un anxieux. Il se tourmentait pour des riens. Tous deux pénétrèrent au réfectoire et vinrent s'asseoir à une longue table. À Saint-Agil, le directeur, le préfet de discipline, l'économe et les répétiteurs-surveillants, au nombre de trois, prenaient leurs repas et étaient logés dans l'établissement. Tous étaient célibataires. Seuls, les divers professeurs habitaient en ville.

L'escalier sonna sous un pas rapide. M. Boisse, le directeur, venait de quitter sa chambre du premier et descendait.

Au réfectoire, les plats circulaient. Les élèves n'avaient pas le droit de parler au dîner. Un rhétoricien, installé dans une chaire surélevée, avait ouvert un livre à une page marquée d'un signet. Il commença de lire, d'une voix sans chaleur :

« EN AMÉRIQUE :
DE NEW YORK
À LA NOUVELLE-ORLÉANS,
PAR JULES HURET.

Chapitre premier
Premières impressions
Que je vous dise d'abord que j'ai raté mon entrée à New York. Il faisait du brouillard et c'était dimanche. Je suis donc dispensé de refaire la description classique du pont de Brooklyn... »

À l'exception de deux collégiens qui les recueillaient avec une extrême attention, ces phrases tombaient au milieu d'une indifférence totale.

M. Mirambeau dépliait sa serviette, approchait son assiette de la soupière. Un coup d'œil lui avait suffi pour constater que la place de Mathieu Sorgues était vide.

M. Donadieu se pencha de son côté :

– J'ai passé une triste nuit. Cauchemar sur cauchemar. Respiration difficile. Avec ce polype, n'est-ce pas...

Il tapota sa narine droite.

– Je vous souhaite de n'avoir jamais à connaître par expérience les ennuis que peut causer un polype, mon bon ami !

– Moi, ma foi, j'ai dormi comme un sapeur, répliqua M. Mirambeau, sans se rendre compte de la cruauté de sa réponse.

Le directeur, un homme à barbiche, au regard sévère, au verbe et au geste tranchants, mangeait du bout des dents. M. Lemmel, le surveillant rougeaud, emplissait les verres de M. Mirambeau et de M. Donadieu, mais se contentait d'une goutte de vin dans son propre verre qu'il achevait de remplir d'eau. À sa gauche se tenait le troisième surveillant, M. Benassis, un gringalet olivâtre aux cheveux crépus. Les élèves l'appelaient « Face de rat ».

Dans la chaire, le rhétoricien se délectait à l'avance à la pensée du bon repas qu'il allait faire tout à l'heure, après le départ de ses camarades, et poursuivait la lecture de la relation de voyage de Jules Huret aux États-Unis.

« Déjà, les lumières s'allumaient du côté de New York. Paris, vu le soir des hauteurs de Montmartre, n'est rien en comparaison de ceci. C'est le colossal et le démesuré qui deviennent de la beauté. Une beauté énorme, écrasante, splendide... »

M. Planet entra, contourna la table, vint prendre place au côté de M. Boisse.

– L'élève Mathieu Sorgues a disparu, monsieur le directeur, chuchota-t-il. Nul ne l'a vu depuis six heures moins le quart. Croyant d'abord à une indisposition, je me suis rendu à l'infirmerie, mais j'ai appris que Sorgues ne s'y était pas présenté. Je viens de constater dans son vestiaire que sa casquette manque. Le concierge n'a pas vu l'enfant quitter la pension ; Sorgues est sorti en cachette ; il s'agit évidemment d'une fugue. Dans la journée, cet élève, après s'être attiré plusieurs réprimandes pour dissipation ou paresse, a eu en salle d'étude une conduite qui lui a valu d'être mis à la porte à cinq heures et demie. De là à un coup de tête…

M. Boisse repoussa nerveusement son assiette.

– Je constate que le mauvais esprit gagne de proche en proche, comme le feu dans la paille.

M. Boisse avait le goût des comparaisons faciles.

– Il va falloir sévir. Extirper le mal jusqu'à la racine. Si l'on n'y prend garde, l'indiscipline se développe avec la rapidité du chiendent.

– Oui, monsieur le directeur. À mon sens…

– Demain, coupa M. Boisse, je vous ferai part de mes décisions. Pour le présent, que l'on opère encore des recherches, que l'on questionne les camarades préférés de Sorgues : il se peut qu'il les ait mis au courant de son projet de fuite. Également, envoyez quelqu'un à la gare. Et avisez-moi des résultats.

M. Mirambeau avait surpris des bribes de cette conversation.

– L'élève Sorgues s'est sauvé de la pension, soufflat-il à l'oreille de M. Donadieu.

Celui-ci sursauta.

– Qui cela ? Sorgues ? Ah ! oui... le petit 95, de la classe de troisième...

L'économe passait ses journées à des opérations de comptabilité : les numéros des élèves lui disaient plus que leurs noms.

– Le petit 95, enfui ? Un si bon sujet ! C'est affolant ! Où allons-nous, mon Dieu ?

– Où nous allons ? répéta M. Benassis, qui n'avait entendu que les derniers mots et les interprétait à sa manière : à la guerre, pardi ! Et rondement ! Une jolie guerre d'extermination, d'une technicité qui ne laissera rien à désirer, soyez tranquilles !

– Jamais je ne croirai cela ! J'espère bien ne pas revoir cette abomination ! gémit M. Donadieu. Si vous y aviez été, comme moi, monsieur Benassis, vous n'en parleriez pas avec cette légèreté !

– Mais il suffit d'ouvrir un journal et de jeter un coup d'œil sur la politique extérieure ! Il y a en ce moment en Europe une tension... la guerre est inévitable ! Cela crève les yeux. Les armements de l'Allemagne...

M. Benassis traînait toujours dans ses poches une demi-douzaine de journaux d'opinions opposées. Il les lisait scrupuleusement. La pensée de la guerre ne le quittait pas, lui valait des insomnies ; il en parlait à tout propos, avec un air farouche.

– Bah ! plaisanta M. Mirambeau en se versant un

grand verre de vin, en voici toujours un que les Prussiens n'auront pas !

M. Lemmel avança son verre, d'un geste empreint d'une sorte de timidité étrange.

– Une goutte, s'il vous plaît, monsieur Mirambeau. Rien qu'une goutte. Là !… là !… Merci.

Sur les bancs des écoliers, un chuchotement courait, imperceptible parmi le tintement des fourchettes contre la faïence.

« Paraît que Sorgues a sauté le mur… »

M. Planet se leva, frappa dans ses mains : le dîner était fini. Une cloche sonna pour la montée aux dortoirs. Les rangs se formèrent et ce fut de nouveau, dans les couloirs sonores et les escaliers gémissants, ce bruit de mer que fait une troupe en marche.

La disparition du numéro 95 se confirma. Nulle part dans l'établissement on ne put le découvrir. Il n'avait fait de confidences à aucun de ses camarades. À la gare, il fut impossible de savoir s'il avait pris un train : tant de collégiens aux uniformes si semblables circulaient journellement… D'ailleurs, l'élève avait-il de l'argent ? On l'ignorait. M. Boisse rédigea, à l'adresse du père de Mathieu Sorgues, agriculteur dans le Poitou, une lettre l'informant de la fugue de son fils et émettant l'hypothèse qu'il allait, selon toute vraisemblance, recevoir incessamment, sinon la visite, du moins des nouvelles de l'élève enfui.

Dans le pupitre du numéro 95, on ne trouva rien qui parût digne de retenir l'attention ; le matériel ordinaire des écoliers : cahiers, crayons, gommes, règles, buvard, les manuels, traités et précis en usage à la pension, enfin une carte des États-Unis arrachée d'un atlas, un indicateur Chaix périmé, des prospectus publicitaires de diverses compagnies de navigation et un vieux catalogue de la Manufacture française d'Armes et Cycles de Saint-Étienne.

Chiche-Capon

« EN AMÉRIQUE :
DE NEW YORK
À LA NOUVELLE-ORLÉANS,
PAR JULES HURET.
CINCINNATI :

Des mentons carrés, proéminents. Des bouches qui mâchonnent continuellement le chewing-gum. Le chewing-gum se vend par petites tablettes dures et minces chez tous les droguistes. La consommation en est colossale… »

M. Donadieu prit une tranche minuscule de pain dans la corbeille.

– Des nouvelles du petit 95 ? demanda-t-il à M. Mirambeau.

– Pas que je sache. Il est encore trop tôt, il n'est parti qu'avant-hier soir.

M. Mirambeau se versa une large rasade.

– Monsieur Lemmel… je vois que votre verre est vide.

35

– Non, merci. Sans façon…

Le directeur, assis très droit, appuyait, tout en mangeant, un regard sévère sur la masse des élèves, mais n'en voyait, à proprement parler, aucun.

Le préfet de discipline, un peu courbé, émiettait machinalement du pain. Il semblait ne pas voir au-delà de son assiette, mais son regard enregistrait tout ce qui se passait dans la salle.

« Cincinnati est le type accompli de la ville américaine. Les rues sont droites, comme partout dans ce pays. Les hommes sont complètement rasés. Un flegme à toute épreuve… »

C'était, ce soir-là, un élève de troisième, André Baume, qui laissait tomber ce texte, du haut de la chaire.

Il lisait avec feu, détachant chaque syllabe, donnant aux mots leur plein sens. Parfois, il levait le front et adressait un signe d'intelligence à un condisciple qui souriait et clignait de l'œil en réponse.

André Baume portait le numéro 7 à Saint-Agil. Un nez busqué et des yeux hardis donnaient une physionomie curieuse à ce grand garçon brun de seize ans. Il affichait énormément d'assurance et de désinvolture. Un « type culotté ». On l'admirait.

– Quelles nouvelles en fait de politique extérieure ? s'enquit M. Mirambeau.

– Infectes, aujourd'hui plus qu'hier, et bien moins que demain, jeta M. Benassis.

M. Mirambeau n'avait posé la question que par politesse. Il n'insista pas. D'ailleurs, le repas s'achevait.

M. Planet se leva, frappa dans ses mains ; une cloche sonna.

En passant au pied de la chaire, l'élève avec lequel André Baume avait échangé des signes pendant le dîner hocha affirmativement la tête, tandis qu'il faisait : « oui ! » des lèvres.

Cet élève s'appelait Philippe Macroy. Sur ses cahiers de brouillon, ses couvre-livres, sur les billets qu'il adressait en cachette à ses camarades, il écrivait son nom ainsi : Phil Mac Roy. Il avait le numéro 22 et était en troisième.

Encore plus grand que Baume, il était blond, avec un visage en lame de couteau. Un reste de strabisme l'obligeait à porter des lunettes. Elles étaient cerclées d'écaille : il n'en était pas peu fier. Comme ses amis Sorgues et Baume, il avait environ seize ans. Comme eux, il mâchait des tablettes de chewing-gum « pour activer le développement des maxillaires » et se donner « l'air énergique ». Comme eux, il cachait au fond de son pupitre, en salle d'étude, une carte des États-Unis d'Amérique, un indicateur Chaix, des prospectus de compagnies de navigation et un catalogue de la Manufacture d'Armes et Cycles de Saint-Étienne.

En se mettant au lit, il garda son pantalon et ses chaussettes.

Vers onze heures et demie, après une ronde du préfet de discipline, il se leva, sortit furtivement, descendit l'escalier. Avant de traverser la salle de jeux, il colla son oreille à la porte de l'économe. Il accomplissait dans un ordre identique les mêmes gestes qu'avait accomplis, deux nuits auparavant, Mathieu Sorgues.

Des bruits de sifflet, réguliers, arrivaient de la chambre de M. Donadieu : l'homme au polype dormait. Tout allait bien.

Macroy pénétra dans la classe de sciences naturelles. Il était initié à son mystère et connaissait les rites. Il retira le coffret de dessous l'estrade, installa le squelette devant la chaire et planta une bougie dans la boîte crânienne. Puis, ayant allumé une cigarette, il ouvrit le coffret de carton bouilli.

Ses traits exprimèrent du désappointement. Quelque chose, qu'il s'attendait à découvrir dans la boîte, ne s'y trouvait pas.

Il grogna, sortit le gros cahier, lut les dernières lignes que Mathieu Sorgues avait écrites à l'encre bleue, réfléchit, puis grogna encore.

Il prit une feuille de papier blanc, choisit un porte-plume, le trempa dans l'encre rouge et écrivit :

« PROCÈS-VERBAL CONCERNANT
LA DISPARITION DU NUMÉRO 95

Je, soussigné, numéro 22, m'étant rendu nuitamment à la classe de sciences naturelles, ai constaté que le numéro 95, déjà coupable d'avoir nourri secrètement un projet d'évasion de Saint-Agil, rue Croix-Saint-Loup, à Meaux, Seine-et-Marne, France, et de l'avoir mis à exécution dans l'après-midi du 12 courant, à 6 heures moins le quart, sans avoir au préalable informé de sa décision le Comité des Chiche-Capon et soumis son plan à la discussion, conformément aux statuts, a aggravé son cas en omettant même de laisser dans le coffre des Chiche-Capon une note destinée à expliquer et justifier sa conduite.

En conséquence :

Décide, en complet accord avec le numéro 7, d'infliger un blâme sévère au numéro 95. Des sanctions pouvant aller jusqu'à la radiation pure et simple suivront, si le numéro 95 persiste dans son silence.

Rédigé par moi, à minuit, dans la classe de sciences naturelles de Saint-Agil – Martin, squelette, étant présent – et pour être versé aux archives.

Le 14 juin de l'an III de l'Hégire des Chiche-Capon. »

Il pressa sur la feuille un timbre de caoutchouc qui laissa, en violet, l'inscription suivante :

CHICHE-CAPON

Au dos de la feuille, dans l'angle droit supérieur, il inscrivit son numéro : 22

Puis il prit une autre feuille et à l'encre noire écrivit :

« PREMIÈRE NOTE CONCERNANT
LA DISPARITION DU NUMÉRO 95

Il est évident que le numéro 95 s'est enfui dans le but de rallier les États-Unis d'Amérique. Bien que je le souhaite, je ne crois sincèrement pas qu'il y parvienne. D'abord, le numéro 95, par lui-même, et en raison de ses qualités d'imagination, manque trop d'esprit pratique pour mener à bien une pareille tentative. Il n'avait pas d'argent : où en trouvera-t-il ? Pas de passeport : comment s'en fera-t-il délivrer un ? Il n'a même pas songé à se procurer un faux état civil. (Il nous l'aurait dit, tout de même, j'espère !) Il ne peut donc pas songer à s'embarquer régulièrement. Et le bagage indispensable ? Il n'a même pas le bagage indispensable ! En admettant qu'il réussisse à gagner Le Havre ou un port quelconque, peut-il prendre du service en tant que mousse ou homme à tout faire sur un cargo ? Pas une chance sur mille ! Sa faible constitution le fera refuser. Reste une possibilité : qu'il se cache à bord d'un paquebot et fasse la traversée comme stowaway. Mais manger ? Comment se débrouillera-t-il ? Et même si, d'une façon ou d'une autre, il arrive à tenir le coup jusqu'à New York ? Les formalités de débarquement, la vérification des identités ? Ils sont très stricts, là-bas. De plus, il n'a pas de répondant aux USA. Enfin, son anglais est très insuffisant.

Conclusion pratique :

Cette tentative est vouée à un échec certain.

Rédigé par moi, à minuit, etc. »

Il se relut, data, apposa le cachet des Chiche-Capon, marqua son numéro au dos du document, plaça les deux feuillets dans le coffret, rangea toutes choses et, furtivement, comme il était venu, remonta au dortoir.

Il se pencha au chevet de Baume. Le numéro 7 ne dormait pas. Il attendait son retour. Macroy lui coula à l'oreille : « Demain, on aura à causer », et s'en fut se remettre au lit.

À cette même minute, une forme se mouvait précautionneusement dans le couloir du second. Une main ouvrait sans bruit la porte de la classe de sciences naturelles. Un briquet claquait, sa lueur frappait un placard vitré, tirait de la nuit le rictus horrible du squelette que les élèves, depuis des années, avaient baptisé Martin.

Dans la journée qui suivit la nuit où il s'était rendu à la classe de sciences naturelles pour y rédiger, Martin squelette étant présent, un procès-verbal et une note au sujet de la disparition du numéro 95, Macroy eut une longue conversation avec Baume, à la grande récréation de midi et demi.

– Hello, André !

– Hello, Mac !

– C'est tout de même épatant qu'il ait filé le premier, lui !

– Plutôt ! J'ai l'intention d'aller dans la classe de sciences, cette nuit. Il faut que j'établisse une note critique. J'ai déjà fait quelques déductions. *Primo*, il ressort de la déclaration du portier…

Sous le préau des élèves faisaient des agrès, de la barre fixe, grimpaient à la corde lisse, sous la direction d'un moniteur rondelet et bas sur pattes.

D'autres bavardaient, entre deux parties de barres.

– Son petit nom, c'est Liliane, mon vieux ! Elle danse tous les soirs aux Folies-Bergère.

– Moi, ma cousine s'appelle Madeleine. Elle…

– Hé, Mercier, comment va Bobby ?

– Dis donc, Nercerot, t'as vu comment que le record de l'heure sans entraîneurs a failli en prendre un coup dimanche, à Marseille ?

– En tout cas, déclarait Macroy à Baume, je continue à potasser le catalogue des Armes et Cycles. Dès que notre liste sera au point, j'étudierai la question réalisations ; on établira un plan méthodique.

– Vingt-deux ! Le Cafard s'amène…

On surnommait le Cafard un élève de quatrième à mine pointue et aux allures hésitantes de bête fureteuse. Il s'appelait Hippolyte Fermier. Son père était, dans la politique, un gros agent électoral. Toujours aux aguets, le Cafard faisait des rapportages, non pas auprès de M. Planet ni de M. Mirambeau qui eussent refusé de l'entendre, mais au surveillant Benassis. On l'évitait.

– *Well !* Vieux Mac ! Veux-tu mon avis ? Sorgues n'est pas parti pour l'Amérique, reprit Baume. Je te fais le pari que…

Le tintement de la cloche interrompit la phrase. Les rangs se formèrent. Macroy se tenait devant Baume. Tandis que le surveillant, M. Lemmel, regardait d'un autre côté, Macroy détourna vivement la tête et remua les mâchoires avec énergie, Baume comprit, chercha dans sa poche, en tira une tablette de chewing-gum qu'il coula dans la main de son camarade. Aussitôt il se dit : « Flûte ! »

M. Planet, surgi comme par enchantement, avait surpris le geste. M. Lemmel choqua ses paumes l'une contre l'autre ; les élèves se mirent en marche vers la salle d'étude. Quatre ou cinq externes arrivaient au trot, prenaient la file. Au moment où le dernier, un certain Simon, passa le seuil du vestibule, il tendit furtivement à M. Lemmel un paquet que celui-ci dissimula sous son veston.

Dans sa chambre, au second, M. Lemmel développa le paquet. C'était une bouteille de rhum.

Lui qui, aux repas, ne prenait que de l'eau rougie, se versa un plein verre d'alcool. Il se tenait assis sur son lit. Ses regards ne quittaient pas la porte. À deux reprises, ayant perçu un bruit de pas dans le couloir, il dissimula, d'un geste fébrile, le verre derrière une pile de livres.

Ce soir-là, durant le dîner, ce fut à Macroy qu'incomba la charge de poursuivre, dans la chaire surélevée, la lecture de la relation de voyage de Jules Huret en Amérique.

« *La police privée.*
L'agence Pinkerton :
Le bureau central de l'agence Pinkerton est situé à New York, n° 57 Broadway, en plein centre des affaires, au milieu de toutes les banques, qui sont ses meilleurs clients. M. Bangs est le policier le plus habile de la maison Pinkerton. L'agence emploie huit cents détectives – the best in the world. »

André Baume recueillait ces phrases avec une attention passionnée ; il eût plutôt perdu une bouchée qu'un mot.

André Baume, Philippe Macroy, dit Phil Mac Roy, et Mathieu Sorgues, le collégien disparu, rêvaient du pays des cités géantes, des gratte-ciel, des ascenseurs bolides, du whisky ; le pays où l'on réalise toutes choses plus rapidement et « en plus grand » que partout ailleurs, où chaque homme est glabre, porte la mâchoire carrée, la cravate flottante, des chaussures jaunes, pas de bretelles, où les affaires, monumentales comme le reste, se traitent – *Hello, boy !* – en deux coups de cuiller à pot, les pieds sur le bureau – *Well ! Well !* – entre deux giclées de jus de tabac – *All right !* – le pays où, rien que dans les bouches, il se trouve plus d'or que dans les caves de la Banque de France et où l'on « a », comme l'on veut, n'importe quel *policeman*, avec un cigare !

La lecture du voyage de Huret n'était pas à l'origine de cette obsession du Nouveau Monde qui alimentait les méditations secrètes de Sorgues, Macroy et Baume. Au contraire. Elle en était la conséquence. Il y avait trois ans que les collégiens communiaient dans un même amour pour les États-Unis et c'était à la suite d'une démarche de leur part auprès du professeur de géographie que cet ouvrage avait été extrait de la bibliothèque pour être lu publiquement.

Durant la nuit, Baume, fidèle à sa décision, s'en fut, dans la classe de sciences, le squelette faisant office à la fois de témoin et de bougeoir, rédiger une « note critique » sur la disparition du numéro 95. Il conclut à l'arrivée imminente à la pension d'une lettre du père de Sorgues annonçant le retour du fugitif. Puis, comme Philippe Macroy la nuit précédente, il data le document :

« *Le quinze juin de l'an III de l'Hégire des Chiche-Capon* » et inscrivit au dos son numéro : *7*.

Dans le couloir, il entendit une série de bruits bizarres. D'abord troublé, il se rassura et alla jusqu'à s'avancer dans la direction d'où provenaient ces bruits. Cette audacieuse investigation, qui lui faisait courir un frisson agréable le long de l'échine, le conduisit, tout au fond de la galerie, près de la porte de M. Lemmel. Par le trou de la serrure, Baume aperçut le surveillant assis sur son lit et tenant un verre à demi plein. Sur la table, il y avait une bouteille. M. Lemmel considérait son verre, et riait. Mais quelque chose de nerveux, dans ce rire, causa au numéro 7 un sentiment d'obscur malaise. Le rire de M. Lemmel était lugubre, et l'expression de cet homme à face rougeaude, qui buvait seul, était l'expression d'un homme qui a peur.

Sur un mouvement imprudent du numéro 7, le parquet du couloir gémit. M. Lemmel sursauta, dressa la tête, fixa la porte avec un air de bête traquée. Baume s'esquiva sur la pointe des pieds. Il perçut un claquement et se retourna : M. Lemmel était venu sur son seuil et épiait.

Le numéro 7 passa devant la chambre de M. Donadieu ; le bruit rassurant de la respiration sifflante de l'économe lui parvint.

Mais, comme il allait entamer l'ascension de l'escalier, un grincement léger, à l'étage supérieur, l'obligea à rebrousser chemin : M. Planet venait de visiter le dortoir. Heureusement, avant de quitter son lit, Baume avait pris la précaution de coucher en long le traversin et de ramener le drap très haut. Le préfet de discipline n'y avait sûrement vu que du feu…

Le numéro 7 dut traverser de nouveau la salle de jeux afin de grimper au troisième par l'escalier principal. Là, sur le palier, il perçut un autre ricanement qui le glaça. Ce rire venait de la chambre de M. Benassis. Que pouvait faire chez lui, à cette heure, M. Benassis, qui avait la surveillance du dortoir des petits ? Un coup d'œil par le trou de la serrure donna à Baume la réponse : le surveillant olivâtre lisait des journaux. Il en avait étalé une demi-douzaine sur sa table et découpait des articles qu'il classait dans diverses chemises où s'en trouvaient déjà quantité d'autres. Toutes ces coupures, il va sans dire, relatives à la guerre « imminente ». Les traits de M. Benassis exprimaient une sorte de volupté haineuse.

*

Contrairement aux prévisions de Baume, les jours s'écoulèrent sans apporter de nouvelles du numéro 95.

– C'est extraordinaire ! Tout à fait extraordinaire ! Je connais mon gamin, vous pensez…

Au rez-de-chaussée, dans une pièce où l'on recevait les parents des collégiens, et où les professeurs se réunissaient pour les conseils de discipline lorsque l'on devait statuer sur un manquement grave à la régle, le père de Mathieu Sorgues, le commissaire de police de Meaux, M. Boisse, M. Donadieu et M. Planet conféraient.

— Au début, monsieur le directeur, lorsque j'ai reçu votre lettre, j'ai été surpris évidemment, mais l'idée ne m'est pas venue de m'inquiéter. Mathieu avait fait une bêtise : je lui frictionnerais sérieusement les oreilles. Mais voilà neuf jours qu'il a disparu ! Depuis ce temps, pas de nouvelles. Jamais il ne m'aurait fait ça ! Il s'est sûrement passé quelque chose qui n'est pas naturel. Plaît-il, monsieur l'économe ?

— Je demandais si ce malheureux petit avait de l'argent, à votre connaissance ?

L'émotion de M. Donadieu, qui imaginait déjà les pires catastrophes, le faisait balbutier.

— Je lui avais envoyé une vingtaine de francs en mai, répondit le père.

— Vingt francs ! Mazette ! Un gamin va loin avec vingt francs, fit le commissaire.

M. Boisse feuilletait un registre.

— Quelle sorte d'enfant est-ce ? reprit le commissaire. Le genre forte tête ?

— Pas du tout, protesta M. Sorgues.

Le directeur approuva.

— Un excellent petit, le 95, appuya M. Donadieu, dont les mains tremblaient.

— Le genre sainte-nitouche, peut-être ?

Le père haussa une épaule.

— Nullement ! dit M. Boisse.

– Non ? Alors ? Renfermé ? Ce que j'en dis, monsieur Sorgues – vous saisissez… Je dois tout examiner.

– Sorgues n'était pas renfermé, déclara M. Boisse. Un enfant normal, sain, aimant à jouer. Bon élève, par ailleurs. J'ai là ses notes. Fort en grammaire, fort en latin, moyen en grec, médiocre en mathématiques, mais dans les premiers en devoirs de français.

Le père tourmentait les pointes de ses moustaches retombantes à la gauloise. Il était rongé d'anxiété ; pourtant les paroles du directeur lui faisaient plaisir.

– Une affaire sentimentale ? suggéra le commissaire.

– Certainement pas ! Voyons, monsieur le commissaire !

– Hé ! Sait-on ? Quel âge au juste ?

– Seize ans seulement.

– Eh bien, seize ans… À seize ans, moi, je vous prie de croire que… Le cerveau a la fermentation bigrement rapide, à seize ans ! Une fillette… Et vingt francs, n'oublions pas ! Mais voyons autre chose… Était-il du genre influençable ?

– Pas spécialement. Tous les enfants s'influencent entre eux.

– Ses amis ? Je veux dire : ceux de ses camarades qu'il fréquentait le plus volontiers…

– Sorgues était très lié avec Baume et Macroy, fit M. Planet qui, jusque-là, n'avait presque pas ouvert la bouche.

« Le 7 et le 22 », murmura pour lui-même M. Donadieu, selon l'habitude qu'il avait de mettre des numéros, plutôt que des noms, sur les physionomies.

– J'aimerais voir ces loustics, dit le commissaire. Vous les avez interrogés, naturellement, monsieur le directeur ?

– Le jour même de la disparition. Ils m'ont assuré que Sorgues ne leur avait fait part d'aucun projet de fuite.

– Assuré... assuré.

On fit comparaître, séparément, Baume et Macroy. Le commissaire usa d'intimidation. Le directeur fit appel à leurs bons sentiments : angoisse du père de leur condisciple, etc. Ils affirmèrent ne rien savoir des circonstances de la disparition du numéro 95, et ignorer tout de son sort. Ils se gardèrent de révéler l'association secrète des Chiche-Capon non plus que le projet de départ pour les États-Unis, estimant que si le numéro 95 était réellement en route pour le pays des dollars, il ne fallait à aucun prix risquer de provoquer l'échec de sa tentative et que, si sa disparition avait une cause différente, il était parfaitement inutile et dangereux à tous égards de dévoiler l'existence de la bande des Chiche-Capon et son programme.

– Drôles de petits bougres ! conclut le commissaire. Auriez-vous une bonne photo de votre fils, monsieur Sorgues ?

Le père tendit un carton.

– Sacré bonhomme ! grommela le magistrat. Malin, hein ? Futé, hein ?

– Peuh... fit le père.

– L'imagination, observa M. Planet, voilà, à la fois, la grande qualité et le grand défaut de Sorgues.

– Oui-da ! L'imagination… lâcha le commissaire. J'estime que vous venez de dire le mot qui éclaire l'affaire, monsieur Planet. On a seize ans… On cultive des conversations qui montent au cerveau… L'imagination s'en mêle. Sorgues a été surpris par M. Planet en flagrant délit de vadrouillade nocturne dans les couloirs où il avait sans doute pris l'habitude d'aller tirer quelques goulées de fumée, avant de dormir.

« Ajoutez à cela une mauvaise journée : sales notes en classe, sales notes à l'étude, mise à la porte par-dessus le marché, savon de M. le préfet de discipline pour compléter… et vingt francs en poche. Inutile de chercher plus loin. Monsieur se sentait à l'étroit, monsieur rêvait de voler de ses propres ailes. Monsieur a pris la clé des champs ! On n'a pas vu le gamin, à la gare ? Parbleu ! Souci d'économie ! Il aura rallié la capitale à pied ! Rien ne le pressait. Seulement, on se lasse vite de vivre de pain, de chocolat et d'eau.

– Vous devez avoir raison, monsieur le commissaire. Vous avez raison, sûrement, dit le père avec une expression sceptique démentant ses paroles. Tout de même, je ne m'attendais pas à cela de sa part. Neuf jours sans nouvelles… Enfin… Il faut attendre encore…

Il prit son chapeau, tourmenta ses moustaches.

– S'il y avait du neuf, je vous serais reconnaissant…

– Cela va sans dire. Et si, de votre côté…

Le père s'éloigna tandis que la cloche sonnait pour marquer le passage de la salle d'étude au réfectoire.

— Je n'ai pas voulu ajouter à l'inquiétude et à l'affliction de M. Sorgues, murmura dans le couloir M. Boisse, mais je dois avouer que ce silence de neuf jours ne me paraît pas naturel, à moi non plus.

On entendait des bruits de livres refermés, de pupitres claqués, des raclements de chaussures. Puis la voix bonasse de M. Mirambeau :

— Allons, messieurs, un peu de silence !

— Que voulez-vous dire ? chuchota le commissaire. Résolution désespérée ? Il était neurasthénique ?

— Non certes ! Tant s'en faut ! Heureux de vivre, au contraire. Mais, que sais-je — un mauvais coup ? un accident ?

— Nous l'aurions appris ! Les mauvaises nouvelles vont vite.

Le commissaire glissa ses mains dans ses poches, bomba l'abdomen, se haussa avantageusement sur la pointe des pieds, puis retomba sur les talons, où il se tint en équilibre quelques secondes avant de reprendre son mouvement d'ascension sur les pointes. Il n'était pas ridicule. C'était un brave homme, simple d'allures, pas plus bête qu'un autre.

— En somme, monsieur le préfet de discipline, vous avez été le dernier à voir l'élève Sorgues ?

M. Lemmel passa. Il venait prendre les élèves pour les conduire au réfectoire. On le vit reparaître presque aussitôt. Il marchait à reculons, faisant face à la double rangée de collégiens qui avançaient dans un bruit de vagues molles.

– Ah, voici nos oiseaux !

Cette exclamation du commissaire s'appliquait à Macroy et Baume qui venaient en queue du défilé.

– Oui, décidément, marmonna le magistrat, je lui trouve un œil bizarre, à ce... comment l'appelez-vous déjà ?... à ce Baume. Bizarre, bizarre, bizarre...

⌒

Une semaine s'écoula. On touchait à la fin juin.

Grincement hargneux de la crécelle, à l'aube.

Tintement de cloche pour l'entrée en étude, l'entrée en classe, l'entrée au réfectoire. Cloche pour annoncer les récréations, délier toutes ces jeunes jambes où s'impatientent les milliards de fourmis du sang ; cloche encore pour interrompre les jeux, arrêter en plein élan les galopades, couper net les cris, au ras des dents. Cloche de nouveau pour l'entrée en classe, l'entrée en étude, l'entrée au réfectoire. Cloche, enfin, pour le dortoir où chacun, avant le sommeil et le cortège des songes incontrôlables, va pouvoir revenir à son rêve préféré, l'embellir, par petites touches, comme l'un de ces livres d'images où le dessin, seul, est donné, et que chacun rehausse des couleurs de son choix.

Le petit Mercier, de la sixième, garde un hanneton dans une boîte percée de trous. Au dortoir, il pense à son hanneton qu'il appelle Bobby. Il fait des projets d'avenir pour lui ; il se propose de lui apprendre des tours.

Desaint, de la troisième, fait collection de timbres-poste. Il étudie la géographie dans son album bien plutôt que dans ses altas. Avant de s'endormir, il passe en revue toutes les nations de la terre.

Renaud, de la seconde, que l'on appelle « le Gommeux », à cause des soins infinis qu'il apporte à sa toilette, cache dans une poche secrète de son portefeuille la photo d'une étoile de music-hall. Il lui a écrit, il y a quelques mois. Elle n'a pas encore répondu. Mais il ne désespère pas. Et, chaque soir, sa dernière pensée est pour elle.

Nercerot, de la quatrième, lit des feuilles de sport que lui refile clandestinement un externe. À la dérobée, il se masse les mollets, les cuisses, exécute des mouvements respiratoires. Chaque semaine, il prend ses mensurations, à l'aide de bouts de ficelle où des nœuds lui servent de points de repère. Le soir, il se voit champion cycliste : il gagne Bordeaux-Paris, le Tour de France, dans un fauteuil, avec des tapées de minutes d'avance.

Crécelle... cloche... crécelle...

Le jeudi, promenade.

Le dimanche, promenade.

Cloche... crécelle...cloche...

Tout doucettement, les grandes vacances arrivent.

Chaque soir, on raye un jour, au crayon bleu, sur un calendrier que l'on s'est fabriqué à l'encre rouge.

Encore un mois et ce sera la fuite, la grande fuite !

M. Lemmel, toujours d'une sobriété exemplaire au réfectoire, continuait à boire du rhum en secret.

M. Donadieu continuait à consacrer à ses travaux de reliure tous les loisirs que lui laissait la comptabilité. L'économat était empuanti d'une tenace odeur de seccotine.

Philippe Macroy et André Baume se livraient encore à des expéditions nocturnes dans la classe de sciences naturelles – toutefois moins fréquemment.

Aucune nouvelle de Mathieu Sorgues, aucune indication susceptible d'orienter les recherches. Le père se désolait.

Enfin, pourtant, arriva un renseignement.

Un très jeune élève de cinquième du collège Bossuet certifia que, le jour de la disparition, il avait fait le voyage de Meaux à Paris dans le même compartiment que Sorgues, dans l'express de sept heures douze venant de Nancy. Sur le vu d'une photo, il reconnut formellement l'élève de Saint-Agil. Le fait qu'il n'eût, jusqu'alors, pas relaté l'événement s'expliquait très simplement. Il était tombé malade et tandis que l'on questionnait les élèves des divers collèges qui avaient eu l'occasion de se trouver à la gare de Meaux dans la soirée du 12 juin, on avait oublié de l'interroger.

– Sorgues, déclara-t-il, lui avait paru « exalté » (il voulait dire nerveux). Il ne tenait pas en place, quittait à tout instant la banquette pour aller se pencher à la portière, revenait s'asseoir, repartait, arpentait le couloir. Il affichait des airs supérieurs.

Bien que les deux enfants ne se connussent pas, le petit avait tenté d'engager la conversation.

– Vous êtes de Saint-Agil ? Moi, de Bossuet.

– Je vois !

– Je vais à Paris chez ma grand-mère qui est très souffrante. Et vous ?

– Moi aussi.

– Ah ! Votre grand-mère est souffrante ?

Sorgues avait éclaté de rire.

– Elle n'est pas souffrante. Elle est morte !

– Vous allez à l'enterrement, alors ?

Sorgues avait tiré de sa poche un paquet de cigarettes étrangères, en avait allumé une. Son ton s'était fait sarcastique.

– Je ne vais pas précisément à l'enterrement... Je vais au mariage !

– Au mariage de votre grand-mère ? Mais si elle est morte !

– C'est-à-dire qu'elle est morte il y a dix-huit ans ! Je vais au mariage de ma sœur.

– Oh, je comprends !

Sorgues mentait, il n'avait pas de sœur.

– Elle s'appelle comment, votre sœur ?

– Athalie...

– Athalie ? Non ! Vous blaguez ! Athalie, comme dans Racine ?...

– Vraiment. Et son fiancé s'appelle Vercingétorix ! Quel couple, hein ?

Le petit, comprenant qu'on se moquait de lui, n'avait plus ouvert la bouche.

À la gare de l'Est, Sorgues était descendu du wagon sans proférer une parole ni tendre la main. Il s'était fondu dans la cohue des voyageurs.

Du moins, un point était-il établi. Il s'agissait bien d'une fugue. L'état d'« exaltation » du numéro 95, ses « airs supérieurs » s'expliquaient de reste. Il venait d'accomplir un acte héroïque. Il s'était « débiné » de la boîte ! Dans l'express, avec quelle jubilation n'avait-il pas dû se représenter la tête que faisaient, à Saint-Agil, le père Boisse, ce pète-sec, le père Planet, dont le dernier savon était encore frais, Mirambeau, qui avait mis le numéro 95 à la porte de l'étude, et le crépu Benassis, et le rougeaud Lemmel ! Et les autres !

Déjà, sans doute, fonçant vers l'inconnu et la vie d'homme libre, Sorgues voyait-il se confondre, dans un emmêlement précurseur de l'oubli, toutes ces faces rondes ou minces d'élèves qu'il imaginait, au réfectoire, chuchotant : « Sorgues a sauté le mur ! » cependant que, du haut de la chaire, un quelconque rhéto boutonneux lâchait, au milieu de l'indifférence générale, le texte de la relation de voyage de Huret en Amérique !

La crécelle, la cloche… « Allons, messieurs, nous traînons ! »… « Allons, messieurs, un peu de silence ! »… Les maths… la géo… les rédacs… les compos… le piquet… les lignes… les colles… le bulletin… les consignes… Les *redeat* ! Ce qu'il s'en fichait, à présent des *redeat*. Il s'était octroyé un *exeat* de première grandeur – définitif !

Sept jours plus tard, au courrier de quatre heures – il y avait à présent un peu plus de trois semaines que Sorgues avait disparu –, le facteur remit au portier du collège une carte postale représentant l'intérieur d'un abattoir de Chicago, Illinois, États-Unis. Elle était adressée à M. Philippe Macroy, esq., Pension Saint-Agil, rue Croix-Saint-Loup, Meaux, Seine-et-Marne, France. Dans la partie réservée à la correspondance, aucun texte. Simplement une date : *24 juin* et deux mots pouvant à la rigueur passer pour une signature et que suivait un point d'exclamation :

Chiche Capon !

Chicago, Ill.

La règle, à Saint-Agil, était que toute missive, qu'elle partît pour l'extérieur ou en arrivât, passât par les mains, c'est-à-dire sous les yeux du directeur. À la vue de ce message insolite, M. Boisse ne fut pas sans sourciller. Néanmoins, ne le jugeant pas subversif, il le laissa parvenir au destinataire.

C'était justement l'heure de la récréation.

Des petits faisaient de la barre fixe au bras, raidi dans le vide, de M. Mirambeau.

La longue face de Macroy sembla s'allonger encore. Un voile passa devant ses lunettes cerclées d'écaille ; il essuya ses verres.

– Non ! Sans blague ! Ça, alors, ça m'en bouche une surface !

Dix fois, il relut : « *24 juin. Chiche Capon !* » Il examina la carte : « *Vue d'un abattoir, Chicago, Ill.* »

Dix fois il étudia, avec des yeux qui semblaient avoir acquis soudain les propriétés puissantes des loupes, le cachet de la poste en caractères gras sur le timbre : *Jun. 24. 2. P. M. Chicago, Ill.*

Un sentiment complexe, dont Macroy ne savait démêler au juste s'il était fait d'une joie intense ou d'une accablante humiliation, mais qui était, en tout cas, d'une extrême violence, s'était emparé de l'élève. Un vrai coup de massue, un ahurissement subit, total, impérial.

Mathieu Sorgues avait réussi à aller *là-bas...*

Une chaleur dilatait la poitrine de Macroy. Des sensations ayant la densité de buées, des sensations oppressantes, telles que de lourdes vapeurs, l'envahissaient tandis que le sang se bousculait dans ses artères, cognait avec brutalité à ses tympans et contre les parois de son crâne ; une émotion cheminait en lui, s'élevait, gagnait la gorge, une extraordinaire marée sentimentale dont il lui était impossible de déterminer par avance si, lorsqu'elle déferlerait, elle se traduirait par un rire énorme, triomphant, ou par un battement de paupières, un tremblement des ailes du nez, un reniflement, une grimace, une petite pointe de sel à la commissure des lèvres, et le geste furtif d'écraser une pauvre larme d'humiliation et de jalousie puériles !

Chicago... Les abattoirs... Milliers et milliers de porcs égorgés, échaudés, découpés, débités en quelques minutes... Gratte-ciel... Ascenseurs-bolides... *Compounds...* Chewing-gum... Cigares entre des dents d'or...

— Tu veux mon poing sur le nez ? Tu le veux, mon poing ? Mouchard ! Fouine !

— Non, mais dis ! répliqua une voix geignarde. Ah ben, tout de même alors ! Qu'est-ce que je lui ai fait à celui-là ? Qu'est-ce que je t'ai fait, moi ? Je te dis rien ! La cour est à tout le monde !

C'était le Cafard, qui rôdait, obscurément conscient du trouble de Macroy, informé par ses antennes spéciales de l'intérêt exceptionnel de cette carte postale, et qui aurait voulu savoir.

– Écoute, Fermier ! C'est pas le moment ! Débine-toi en vitesse, ou je te...

L'autre recula, effrayé. Mais ce rectangle de carton, cette carte postale dont la colère même de Macroy révélait l'importance, le fascinait.

– Non, mais ! Qu'est-ce que je t'ai fait ? Je t'ai rien dit !

Exaspéré, Macroy bondit sur lui, le frappa à l'épaule. Le Cafard glapit en faisant un saut de côté et en se couvrant le visage du coude.

– Sale brute !

– Macroy, vous serez consigné à la prochaine promenade.

M. Planet venait de surgir – du sol même de la cour, eût-on dit.

– Faites des excuses à votre camarade.

Le Cafard s'était rapproché, obliquement. Une félicité sans mélange l'emplissait. Privé de promenade, Macroy ! Bien fait ! Et des excuses qu'il devait lui faire, maintenant, à lui, Fermier, pour le coup de poing ! Ça lui apprendrait !

– Vous avez entendu, Macroy ! Excusez-vous de votre geste brutal auprès de votre camarade.

Macroy secoua le front rageusement.

– Vous refusez ? Vous savez que vous vous mettez dans un cas de renvoi. Prenez garde !

– Fermier m'a provoqué, monsieur. Il m'espionnait. Il espionne tout le monde. Je lui ai dit de me laisser. Il a continué.

– C'est pas vrai, m'sieur ! Je l'espionnais pas, m'sieur !

M. Planet savait que Philippe Macroy disait la vérité ; que Fermier mentait ; qu'il espionnait. Et M. Planet, grand espion de Saint-Agil – pour le bon motif –, n'aimait pas les « cafards ».

– Vous pouvez aller, Fermier.

Le Cafard s'éloigna.

– Dites-moi que vous regrettez votre acte, Macroy.

– Je le regrette, monsieur.

– Bien.

Le préfet de discipline appuya son regard doux sur le visage incliné de l'élève.

– Vous serez privé de promenade, mais je ferai en sorte que l'affaire n'ait pas d'autres suites.

– Merci, monsieur.

– Vous pouvez aller, Macroy.

Macroy chercha des yeux son copain Baume. Il marmottait :

– Consigné ! Ce que je m'en balance ! Et même le renvoi, je m'en balance ! De tout, que j'me balance ! De tout !

C'était vrai. Comment le numéro 22 ne fût-il pas demeuré indifférent à tout, alors que Mathieu Sorgues, le numéro 95, l'un des trois membres des Chiche-Capon, avait réussi le grand raid qui était à la base de l'association ! En regard de cet exploit, rien ne comptait plus.

— Tiens, lis !

— Ah ! mince ! Il est à Chicago ! Ça me la coupe !

— Et à moi, donc ! Je vais me remettre dare-dare à la liste du bagage indispensable. Ça devient urgent. Nous allons sûrement recevoir une lettre de Sorgues avec des renseignements détaillés et des instructions pour le rejoindre.

— Au fait, Mac, c'est à toi seul qu'il a écrit, observa soudain Baume avec une nuance d'amertume.

— Tiens, oui ! fit Macroy.

Il réfléchit une seconde.

— C'est-à-dire que... il a dû t'envoyer une carte aussi, naturellement. Mais elle n'aura pas pris le même bateau... Elle va arriver.

— Oui. Tu as raison... ça doit être ça...

Autour d'eux, par bandes, comme des moineaux, leurs condisciples se pourchassaient, criaillaient, se lançaient des défis :

— Chiche que tu ne le fais pas !

— Chiche que je le fais !

Macroy ni Baume n'y prêtaient aucune attention. Ils ne voyaient, n'entendaient rien. En pensée, ils étaient loin, très loin, dans une ville monstrueuse pleine de cris de porcs, où chaque citoyen avait une face de tueur, une ville qui n'était tout entière qu'un abattoir fabuleux.

— À propos, le père Boisse n'a rien dû y comprendre, à cette carte. Tant qu'à lui, on s'en fiche. Mais

M. Sorgues ? Il est très inquiet, à ce qu'il paraît. Tu ne crois pas qu'on devrait expliquer au père Boisse que c'est Sorgues qui a écrit ? Ou peut-être qu'on pourrait informer nous-mêmes M. Sorgues ?

— Laisse donc, conclut Baume après mûre réflexion. Premièrement : ou bien – et c'est le plus probable – Sorgues a envoyé des nouvelles à son père en même temps qu'à nous, ou il ne l'a pas fait. S'il l'a fait, inutile de nous en occuper. S'il ne l'a pas fait :

« a) c'est qu'il a ses raisons et nous n'avons pas à aller contre ;

« b) écrire nous obligerait à révéler l'existence de l'association des Chiche-Capon et son programme ;

« c) cela ne pourrait que nous attirer des ennuis.

« Deuxièmement, en admettant que…

La cloche sonna. De tous les points de la cour, les collégiens se ruèrent vers le perron, devant lequel se formaient les rangs.

Tout en galopant, Macroy jeta à son camarade :

— D'accord, j'enfermerai la carte dans le coffre et *motus* jusqu'à nouvel ordre.

— *All right !*

En salle d'étude, Macroy fit passer, de main en main, un billet à Baume.

« Hello, boy ! En récré, j'ai oublié de te dire : je serai consigné, pour la promenade de jeudi. J'ai collé un marron au Cafard qui tournait autour de moi pour voir d'où venait la carte postale et le préfet m'a chopé. Tant pis ! Longue vie et dollars !

P.-S. : S'il te reste une tablette de chewing-gum, pense à moi ! »

Par le même chemin, la réponse arriva sans tarder :

« Well ! *Vieux Mac ! Je m'arrangerai pour me faire porter malade ou être consigné aussi pour la promenade et on discutera de l'affaire. Longue vie et* bank-notes !

P.-S. : En fait de chewing-gum, rien à chiquer ! J'en rachèterai après le réfec. »

Au cours de cette étude, Baume et Macroy demeurèrent penchés une bonne partie du temps sur la carte des États-Unis que chacun d'eux gardait dans son pupitre, à côté des prospectus des grandes compagnies de navigation, en sandwich entre un indicateur Chaix et un catalogue de la Manufacture française d'Armes et Cycles de Saint-Étienne. Ils ne pouvaient détacher leurs regards de ce petit rond, posé au bord du lac Michigan, et qui représentait une ville géante... La ville où le numéro 95, premier des Chiche-Capon, circulait, à l'heure qu'il était, glorieusement coiffé d'une casquette qu'il mettait à l'envers, visière sur la nuque, porteur d'une cravate flottante, de chaussures jaunes et d'un pantalon qui tenait sans bretelles et, avec une politesse excessive et d'une voix mal assurée encore, pour sûr, mais avec un accent déjà amélioré, demandait son chemin aux *policemen* : « *Please, sir, Washington Avenue, please, sir ?* » en leur offrant des cigares !

Au réfectoire, ce soir-là, un élève de quatrième fit la lecture. Sa voix muait, sautant sans transition du grave à l'aigu – il lisait mal, sans conviction.

« *Pittsburgh :*
C'est la ville du fer, démesurée et fantastique. Enserrée entre deux larges fleuves, l'Alleghany et le Mononga-hela. qui, en réunissant ici leurs flots jaunes, forment l'Ohio… »

Baume et Macroy le trouvèrent horripilant. Aussi bien, le Huret avait-il cessé de les intéresser. Comme matière à rêveries et sujet d'excitation, ils avaient mieux à présent : la carte postale merveilleuse qui portait, imprimé à l'encre grasse, ce cachet : *Jun. 24. 2. P. M. Chicago. Ill.*

Pendant la nuit, le numéro 22 se rendit à la classe de sciences et consigna, en un fier procès-verbal, l'événement historique, puis enferma dans le coffret la carte postale et le document.

Lorsqu'il eut regagné son lit, il se tourna et retourna longtemps, faisant des sauts de carpe, cherchant vainement le sommeil. Deux phrases qu'il avait lues dans *le Petit Larousse illustré* le hantaient : « *Chicago – sur le lac Michigan et sur la rivière de Chicago. Immense commerce des produits de l'Ouest américain : blé, bestiaux, viandes…* »

Ces phrases ne cessaient de s'imprimer dans son cerveau, fulgurantes, phosphorescentes, à la manière de deux enseignes lumineuses, de couleurs différentes – l'une bleue, l'autre rouge – qui se succéderaient avec une rapidité et une régularité implacables.

… Blé… bestiaux… viandes… sur la rivière de Chicago… immense commerce…

De loin en loin, un élève poussait un grand soupir, rêvait tout haut.

Sous le crâne de Macroy, exaspérante, hallucinante, cette alternance en coup de fouet : feu rouge – feu bleu – feu rouge – feu bleu…

Viandes salées… huile… Chicago sur le lac… produits de l'Ouest… viandes…

M. Mirambeau ronflait. Autour de la pension grise s'étendait le sommeil de la ville, attendrissante avec ses petites places, ses petites rues, ses petites boutiques et sa cathédrale énorme. Un long cri traversa la nuit… Un express… La voie ferrée décrit là une courbe, la plus raide du réseau. Tous les grands trains crient en abordant la courbe.

… Ouest américain… blé, bestiaux… Chicago… blé, bestiaux… Chicago…

L'horloge marqua trois heures.

Le numéro 22 pressait à deux mains son front brûlant sous lequel des mots couraient, flambaient, mouraient, éclataient, se poursuivaient, se chevauchaient, en accélération constante, perdant toute suite, tout sens…

… Blé, bestiaux, Chicago, blé, bestiaux, sur le lac, huile, huile, huile, Chicago, Chicago, Chicago…

Au matin, lorsque grinça la crécelle, Philippe Macroy s'éveilla rompu.

Une odeur d'encre flottait dans la salle d'étude.

M. Mirambeau, chargé de l'étude du soir, rédigeait une lettre circulaire destinée à être polycopiée et envoyée à d'anciens élèves de la pension.

« Cher camarade,

Vous n'avez pas oublié combien fut gaie et pleine d'entrain la dernière réunion des "Anciens de Saint-Agil". Depuis, les nécessités de la vie nous ont éloignés, aussi chacun réclame de se retremper dans une atmosphère de franche et joyeuse camaraderie.

Notre prochaine réunion se tiendra le samedi 15 juillet. Prenons date et répondons tous : "Présent !" Vous serez bien aimable de nous faire savoir en temps utile si nous pouvons compter... »

M. Mirambeau s'interrompit pour lever la tête et fixer longuement un point de la salle. Du bout de son porte-plume, il appliqua deux coups secs sur le rebord de sa chaire.

– Macroy ! Apportez-moi ce papier !

« Ça y est ! se dit Baume avec un frémissement. Le vieux Mac s'est fait "poirer" par l'Œuf. »

Les doigts de Macroy se crispèrent sur un feuillet. L'élève était devenu très rouge.

– Eh bien ? Qu'attendez-vous ?

Macroy retira ses longues jambes de dessous son

pupitre. À la dernière seconde, il tenta une habile manœuvre de substitution. Mais M. Mirambeau veillait.

– Non, non ! J'ai dit : ce papier. *Pas celui-là !* Celui-ci, oui ! Apportez ! Et, tant que vous y êtes, apportez-moi donc aussi ce livre que vous cachez derrière votre dictionnaire latin et qui semble vous intéresser bien davantage !

Il fallait s'exécuter. Philippe Macroy vint tendre avec une répugnance visible les objets désignés.

Le « livre » n'était autre que le catalogue de la Manufacture d'Armes et Cycles de Saint-Étienne.

M. Mirambeau jeta un coup d'œil sur la feuille de papier. Macroy, d'une écriture droite, y avait écrit :

*« BAGAGE INDISPENSABLE
POUR L'EXPÉDITION*

1 costume de chasse. Culotte deux poches revolver. Guêtres. »

En marge, M. Mirambeau déchiffra cette note :

« Valable pour le numéro 7 seulement. Moi, j'ai mon costume de velours.

1 Macfarlane. Modèle dit : le Pratique. Absolument imperméable.

1 paire de brodequins, triple semelle, type "spécial".

1 pelote de ficelle.

1 paquet d'aiguilles.

1 bobine de fil bis.

5 paires de chaussettes solides. »

Cette mention avait été rayée. M. Mirambeau lut, en regard :

« *2 paires suffiront. Éviter de s'encombrer.*

1 couteau modèle 17 891. Neuf pièces ; dix usages.

1 briquet à amadou.

1 montre à boîtier protecteur.

6 boîtes de corned-beef. »

Cette mention également avait été rayée. En regard, M. Mirambeau put lire :

« *Superflu. On s'arrangera avec le chef cuisinier du bord.*

1 revolver, type le Policeman, *neuf coups.* »

Comme la précédente, cette mention était supprimée. Macroy avait écrit :

« *Décidément, non ! Trop lourd ! Je pense qu'un Browning…* »

— Voilà donc, dit sévèrement le surveillant, à quoi vous perdez votre temps ! Au lieu de préparer vos examens de fin d'année, vous préparez du camping ou je ne sais quelle croisière ! Vous vous croyez en vacances, déjà ! Retournez à votre place !

Macroy ne bougea pas ; il regardait le surveillant avec l'air d'attendre, d'espérer quelque chose.

— Vous n'avez pas entendu ? Je vous ai dit de retourner à votre place.

Macroy, pourpre, avança timidement une main, en murmurant :

— S'il vous plaît, monsieur, mon catalogue ?…

— Je le confisque !

Un vif mouvement d'humeur échappa à l'élève : la punition ne tarda pas.

– Macroy, passez à la porte !

On perçut un ricanement étouffé : Hippolyte Fermier, le Cafard, n'avait pas digéré le coup de poing de la veille et se réjouissait, petit être haineux, de voir son ennemi en humiliante posture.

André Baume, qui avait suivi avec anxiété les phases de la mésaventure, repéra immédiatement le ricaneur. Leurs regards se croisèrent. Celui de Baume signifiait nettement : « Toi, mon vieux, tu ne perds rien pour attendre ! »

Macroy, son long visage plus enflammé que jamais, sortit.

Machinalement, le surveillant ouvrit le catalogue confisqué. Au fond, M. Mirambeau était un tendre. Un « faible », comme bien des hercules. D'avoir à user de sévérité lui causait plus de peine que n'en donnaient aux élèves les punitions qu'il infligeait. Il fallait vraiment l'y contraindre. Mais l'enfance est sotte…

M. Mirambeau eût volontiers, pour lui épargner le « savon » du préfet de discipline et la mauvaise note, rappelé Macroy, si cela eût été possible : ce ne l'était pas !

Il feuilleta distraitement la table des matières, variées à l'infini, contenues dans le catalogue : Anches pour clarinettes. Antidérapant. Appareils grélifuges. Baignoires. Bols à barbe. Bouées de sauvetage. Carafes. Couvre-lits. Couvre-livres. Couvre-pieds. Écrins. Écrous. Éperons. Extenseurs.

– Tiens ! Extenseurs…

M. Mirambeau fit courir les feuilles. Page 416, il se plongea avec intérêt dans l'examen des modèles de développeurs transformables, crispateurs à ressort, bobines de force, haltères, cordes de traction, gueuses réglementaires d'athlétisme.

Du fond de la pièce arrivait un fracas de gros bouquins brassés sans ménagement. Les élèves de rhéto et de philo potassaient frénétiquement leurs traités : la pensée du bachot ne les quittait pas, ne les quitterait plus jusqu'à la fin du mois.

Il y eut une série de bruits grêles : un élève de cinquième faisait claquer ses doigts. M. Mirambeau leva le front. L'élève désignait la sortie interrogativement, presque anxieusement. M. Mirambeau baissa le front en signe d'acquiescement.

Le gamin se précipita. On entendit, sur le sol dur de la cour, sonner ses semelles cloutées, dans sa galopade vers les cabinets.

Des hauteurs de l'immeuble descendaient, ouatés, les derniers échos d'une musique : ceux de la sixième venaient d'avoir leçon de chant dans la classe de sciences naturelles : on perçut le roulement de leur marche dans les couloirs.

M. Mirambeau, sur une feuille de papier, écrivait :

« 1 crispateur à ressort.

1 développeur transformable. »

Il raya cette mention et nota en regard :

« Pas indispensable. Celui que je possède peut encore aller. »

71

Notant des tarifs, examinant des figures, étudiant des notices explicatives, comparant – exactement comme faisait Macroy un peu plus tôt –, M. Mirambeau, grand amateur d'exercices physiques, établissait, lui aussi, une liste de l'indispensable !...

– Mon cher enfant, disait à ce moment-là M. Planet à Macroy, je suis désolé de vous voir si peu soucieux de donner satisfaction à vos maîtres. Hier, je vous ai surpris frappant un camarade. J'ai été contraint de vous mettre en retenue de promenade. Vous vous êtes refusé à présenter des excuses à ce condisciple. J'aurais pu prendre des sanctions plus sévères, je ne l'ai pas voulu. Aujourd'hui, vous voici à la porte de l'étude. Vous me donnez sujet de regretter mon indulgence, et reconnaissez bien mal les sacrifices que s'impose pour vous M. Quadremare, votre bienfaiteur. C'est déplorable. Vous êtes un élève intelligent, vous devriez montrer l'exemple. Je vous engage à méditer très sérieusement l'avertissement que je vous donne et à vous ressaisir.

Le préfet de discipline consulta sa montre et, sur un bulletin, inscrivit l'heure : cinq heures cinquante-cinq.

Il apposa sa signature.

– Voici votre *redeat*. Vous pouvez aller.

Du regard, il suivit l'élève, le vit parvenir au croisement des deux galeries, prendre à gauche vers la salle d'étude, tourner l'angle. Il rentra dans son bureau avec un hochement attristé de la tête.

Tout comme il l'avait été lors de la disparition de Mathieu Sorgues, un peu plus de trois semaines auparavant, il était le dernier à voir, à Saint-Agil, l'élève numéro 22, de la classe de troisième, nommé Philippe Macroy et dit : Phil Mac Roy.

Cette porte de la salle d'étude vers laquelle se dirigeait le collégien, pourpre encore d'humiliation, front bas, dans le couloir désert, entre deux murs nus, et dont quatre mètres seulement le séparaient, Philippe Macroy ne devait jamais l'atteindre…

La grande frayeur

Interrogé à l'issue de l'étude, le portier déclara ne s'être absenté à aucun moment de la loge et n'avoir cependant pas vu le collégien s'engager sous la voûte. La conclusion s'imposait. Exaspéré par la succession de réprimandes qu'il s'était attirées, Macroy avait sauté le mur.

Au vestiaire, il avait troqué ses effets de tous les jours, sa blouse à boutons noirs, son ceinturon à boucle de cuivre, pour un extraordinaire costume de velours que son bienfaiteur, M. Quadremare, avait fait exécuter, sur sa prière, par une usine de Roubaix, d'après un modèle de catalogue.

Ce costume à peu près informe, mais réellement inusable, était d'une étoffe si épaisse et si raide qu'il tenait debout tout seul. Macroy était parti nu-tête.

– Que vous disais-je, monsieur Planet ! jeta, colérique, M. Boisse. Le mauvais esprit gagne de proche en proche, comme le chiendent. Je vous l'ai déjà fait observer. Eh bien, puisque vous n'y suffisez pas, je vais me charger de mater moi-même ces fortes têtes. Apportez-moi les rapports de la semaine.

Une classe entière – la quatrième – ayant eu dans la matinée, en manière de « répression » contre M. Grabbe, le professeur d'allemand, jugé trop exigeant, la fâcheuse idée de procéder en masse à une remise de copies blanches, toute la classe fut mise en retenue de promenade. Les pensums, les heures de piquet tombèrent comme grêle. La pension entière se vit privée du droit de parler au réfectoire durant trois jours.

Il y aurait lecture à chaque repas.

– Et fini, n'est-ce pas, le Jules Huret ! Assez de lecture distrayante comme cela ! Vous allez me faire lire l'*Histoire du Consulat et de l'Empire* de Thiers. À l'issue du repas, un élève choisi au hasard devra résumer brièvement le passage lu. Ils seront bien forcés d'écouter, de la sorte !

Ça bardait !…

Longtemps, cette nuit-là, Baume fut tenté de se rendre à la classe de sciences naturelles afin de visiter le coffret des Chiche-Capon. Il ne l'osa pas. Les surveillants, alertes, se tenaient sur le qui-vive. M. Planet, plus que jamais fantomatique, était partout à la fois. Baume n'osa pas davantage se risquer hors du dortoir la nuit suivante.

Dès le surlendemain de la disparition, le commissaire de police put faire porter au directeur de Saint-Agil les renseignements suivants :

Philippe Macroy ne s'était pas rendu à la gare de Meaux, mais à la gare de Lagny. Il avait couvert à pied les sept kilomètres en un peu moins de deux heures et demie. Un médecin d'Esbly, en tournée, avait été frappé par la silhouette de ce long garçon, nu-tête, cocasse dans son fourreau de velours raide, et qui, poussé par une rage intérieure qui se traduisait par des gestes violents et des invectives à l'adresse d'un adversaire invisible, arpentait nerveusement la route.

À Lagny, Macroy avait bu un café, acheté des cigarettes anglaises, puis, sans s'attarder, pris place dans un express avec, en poche, un billet d'aller pour Nancy, ce qui l'amena à repasser par Meaux où il eût aussi bien pu attendre le même express. Cette manœuvre, absurde à première vue, correspondait-elle à quelque nécessité mystérieuse ? Plus simplement, on l'attribua à la crainte qu'avait dû avoir l'élève d'être pincé à la gare de Meaux où il pensait bien que M. Boisse enverrait à sa recherche. En outre, sans doute, un souci puéril de brouiller la piste.

Macroy n'était pas allé jusqu'à Nancy. À Bar-le-Duc, il avait sauté sur le quai et franchi le portillon en montrant son billet à l'employé. Ensuite, cheveux brouillés par le vent, les deux mains dans les poches de ce pantalon dont les jambes évoquaient invinciblement des tuyaux de poêle, il s'était enfoncé dans la ville.

Sa trace se perdait là.

On était au 9 juillet : un jeudi, jour de promenade. M. Benassis eut à conduire la troupe. Le moniteur de gymnastique, que l'on ne nommait que par son prénom : M. Victor, l'accompagnait. Il faisait chaud. Chaque élève emportait dans sa poche un caleçon de toile à rayures bleues : on allait se baigner dans le canal de l'Ourcq, puis exécuter des mouvements de culture physique sous la haute direction de M. Victor. La fuite de Macroy faisait les frais de toutes les conversations, naturellement. On en discutait avec animation – toutefois sans élever la voix. Chacun restait exactement à son rang, l'ordre de marche était parfait. Il y avait « de l'orage dans l'air ». Sans que l'on pût l'apercevoir, on avait la certitude que M. Planet se tenait à l'affût derrière chaque buisson, chaque talus, chaque haie : ce n'était pas le moment de faire le « mariolle ». D'ailleurs – plus que trois semaines… et la fuite !

La baignade dans le canal fut délicieuse. Ceux qui savaient nager tirèrent leur coupe. Ceux qui ne savaient pas barbotèrent. Les grands traversaient rien que sur leur élan… M. Victor donnait des conseils aux débutants. Une séance épatante, vraiment.

Ensuite, on s'amusa à passer sous le canal par l'aqueduc. Il fallait se plier. De l'eau coulait, au milieu. Des rats piaulaient. Marrant comme tout !

– Regardez-le, souffla M. Benassis au moniteur.

– Qui ça ?

– Planet… Là-bas…

Immobile au sommet d'une butte, le préfet de discipline prenait des notes.

On rentra avec une faim de loup ; ce fut la ruée vers les corbeilles à pain – chacun visant un quignon ; vers la loge du portier qui vendait du chocolat ; vers la fontaine d'eau potable. Après le réfectoire, la cloche poussa au lit ce petit monde. Bonne journée, en somme, malgré les « tuiles ».

Dans la nuit, le numéro 7 se leva. Il n'y tenait plus. À l'encontre de ses camarades, il avait passé une journée désolée, toute tissée d'une opaque tristesse. Il ne s'était pas baigné, pas mêlé aux jeux. Il pensait à ses deux amis absents ; le petit Sorgues qui faisait le

faraud sur les bords du lac Michigan, et le grand
Macroy qui était parti, tête nue, pour le rejoindre là-
bas. Pourquoi Macroy n'avait-il pas prévenu Baume ?
Ce n'était pas chic. Le 7 au soir, Baume avait été surpris de ne pas trouver sous son traversin un mot du
numéro 22. Il lui restait un espoir cependant. Macroy
avait sans doute laissé une note à son intention dans
le coffret des Chiche-Capon, sous l'estrade de la classe
de sciences.

Cette nuit-là, donc, Baume fila à la classe de sciences.
Il ne trouva aucune note dans le coffret.

Le numéro 7 courba le front. Jamais, avant cet instant, il n'avait connu l'indicible saveur de l'amertume, qui change les enfants en hommes. Il se sentit affreusement seul. L'amitié, l'amitié même l'avait trahi !... Il fit un pauvre geste, prit une feuille de papier dans le coffre et, à la lueur de la bougie plantée dans le crâne de Martin, squelette, commença un procès-verbal de blâme concernant le numéro 22. Il n'avait pas besoin de se mettre en frais d'imagination. Il lui suffisait de recopier, en changeant le nom et la date, le texte du procès-verbal de blâme rédigé par Macroy après le départ du numéro 95. Il écrivait :

« Je, soussigné, numéro 7... ai constaté que le numéro 22, sans m'avoir au préalable soumis son plan... En conséquence... décide d'infliger un blâme sévère... »

Après quelques lignes, sa main s'immobilisa, il demeura pensif, considéra tantôt son texte, tantôt le coffret bourré de papiers. Il haussa une épaule. D'un coup, tout cela, cet amas de documents lui apparaissait sans intérêt. Il n'en goûtait plus le charme. Il était devenu incapable de s'y passionner plus longtemps. Il ne comprenait même plus comment ce fatras de puérilités avait pu lui tenir à cœur trois longues années. C'était ridicule ! Le comité des Chiche-Capon... les procès-verbaux... Quelles bêtises ! L'Union indissoluble... Quelle blague ! On est seul, chacun est absolument seul dans la vie : Macroy venait de lui en administrer la preuve, et cette dure vérité le mordait, soudain, au plus sensible de lui-même. Baume regarda le squelette, eut envie de ricaner. Martin ne ricanait-il pas, lui ? Martin, qui était revenu de tout ! retiré des affaires, de toutes les affaires.

Finie, classée, enterrée, l'histoire des Chiche-Capon ! Il n'y avait plus de Chiche-Capon !

Pourtant, avant de ranger pour la dernière fois le coffret, le numéro 7 prit entre deux doigts qui tremblaient la carte postale de Sorgues et la contempla. Elle avait gardé son prestige « *Chicago, Ill.* ». Cela exprimait une réalité !

Mais brusquement, lâchant le rectangle de carton, Baume dressa une face changée, fixa le squelette Martin avec une expression étrange. Son regard courut sur les murailles jaune-vert, couleur de maladie, sur les placards vitrés garnis de bestioles moisies, de papillons, de larves, de reptiles en bocaux. Les planches anatomiques prenaient des aspects répugnants. L'odeur de naphtaline, qui flottait là depuis des années, était plus forte que l'odeur du tabac que fumait le numéro 7.

Comme secoué par une sorte de rafale, enveloppé par un vent d'angoisse mou et glacé, en proie à une panique qui le fit suffoquer un instant, Baume sauta sur ses pieds.

Il avait peur.

Le squelette semblait prendre un air sarcastique. Pêle-mêle, André Baume replaça dans le coffret « documents », « procès-verbaux », encrier, porte-plume.

À ce moment la porte s'ouvrit :

– Par exemple ! Qu'est-ce que vous fabriquez ici, à cette heure ?

La veille, à la récréation de dix heures, Baume avait houspillé Fermier, le Cafard, pour lui faire payer son ricanement lorsque l'Œuf avait mis Macroy à la porte de l'étude. Fermier n'oubliait, ni ne pardonnait rien.

Dans la nuit, comme il ruminait une vengeance éclatante, l'occasion s'était offerte : il avait vu Baume s'esquiver. Il l'avait suivi un peu mais n'avait pas osé s'enfoncer très avant dans les couloirs sombres. Il avait préféré revenir à la chambre de M. Benassis, dont il était le chouchou et qui accueillait ses mouchardages. Il savait que M. Benassis abandonnait souvent sa surveillance du dortoir des petits pour s'enfermer quelques heures chez lui et découper des journaux.

– M'sieur, Baume s'est sauvé du dortoir. J'sais pas où il va, ni pour quoi faire, mais…

Intrigué, M. Benassis avait entrepris une brève exploration.

Les bruits légers causés dans la classe de sciences par Baume, à qui son accès de frayeur faisait oublier les précautions usuelles, l'avaient attiré. Il était entré, avait tourné le commutateur.

– C'est du joli ! Vous venez modestement vous cacher ici pour préparer vos examens, sans doute ? Quel zèle admirable ! Et le joyeux compagnon d'études que vous vous êtes donné là ! Le squelette Martin !

Il renifla.

– Vous fumez ! C'est complet !

Il aperçut le coffret.

– Qu'est-ce que cela ?

Il se saisit du trésor des Chiche-Capon. Baume, paralysé, ne remuait pas un doigt, n'ouvrait pas les lèvres.

M. Benassis fouilla un peu dans le coffret, parcourut un « document ». Il fut vite édifié.

– Oh ! parfait ! Je crois que j'ai mis la main sur le pot aux roses !

Il laissa filer un rire aigrelet entre ses dents de rongeur et passa ses doigts dans ses cheveux crépus. Son regard tomba sur le squelette ; il fit courir rapidement le bout d'un porte-plume sur les côtes, qui sonnèrent. Baume sursauta.

– Eh bien, Martin, vieux compère, comment va la vie ? Ou, plutôt, comment va la mort ? La mort se porte bien ? Toujours bon pied, bon œil ? J'en suis fort aise !

Il se sentait en verve, cette nuit, l'olivâtre M. Benassis. Il prenait plaisir à tapoter la cage thoracique, le crâne, les fémurs ; sous les coups secs, les ossements rendaient des sons différents : on eût dit que M. Benassis jouait du xylophone. Les prunelles de Baume s'élargissaient ; son accès de peur, auquel l'arrivée inopinée du surveillant avait apporté une diversion, le reprenait, plus atroce.

– Comme te voilà attifé, Martin, continuait le surveillant, qui semblait avoir oublié la présence du numéro 7. Que tu es drôle, avec ce lumignon dans la caboche ! Si tu pouvais te voir !

Brusquement, il pirouetta et jeta avec sécheresse :

– Vous pouvez aller, mon garçon. Dites au revoir à

votre gai complice Martin et remontez au dortoir. L'affaire aura les suites qu'elle comporte.

André Baume, sans desserrer les mâchoires, se retira.

Après son départ, le surveillant demeura encore quelques instants dans la pièce, examinant toutes choses avec suspicion.

– Par exemple ! Qu'est-ce que vous fabriquez ici en tête à tête avec ce…

M. Benassis se retourna d'un bloc.

Mine effarée, bras pendants, le surveillant Lemmel se tenait sur le seuil de la classe de sciences naturelles. Sa chambre était proche : le monologue de son collègue l'avait attiré.

D'abord saisi, M. Benassis se reprit vite.

– Ce que je fais ? Vous le voyez ! Je fais mon petit Shakespeare !

L'autre eut un haut-le-corps.

– Très bien ! Je sais ce que je voulais savoir. Je suis fixé, maintenant !

– Quoi ! Comment dites-vous ? Qu'est-ce que vous savez ?

– Ce que je voulais savoir, répéta Lemmel.

– Si vous me prenez pour Œdipe, vous faites erreur, riposta avec vivacité M. Benassis. Je n'ai jamais rien valu pour les devinettes.

Il souffla la bougie installée dans le crâne du squelette, repoussa celui-ci dans le placard.

M. Lemmel suivait ses moindres gestes, tournait quand il tournait. Il paraissait fasciné.

Le coffret des Chiche-Capon sous l'aisselle, M. Benassis marcha vers la porte. L'autre s'écarta vivement.

— Je remonte à mon dortoir. J'éteins, ou vous éteignez ?

M. Lemmel émit un grognement inarticulé que M. Benassis voulut considérer comme une réponse affirmative.

— Vous éteignez ? Eh bien, bonne nuit, mon cher collègue !

M. Lemmel le suivit du regard jusqu'à ce qu'il eût disparu puis pénétra dans la classe et vint se planter devant le placard au squelette. Il se balançait légèrement en arrière, puis en avant, et donnait l'impression de l'ivresse. Mais son regard n'était pas celui d'un individu ivre. Et — bien qu'il eût bu — ce n'était pas l'ivresse qui le faisait osciller. Son attitude, son expression, son regard, le tremblement de ses mains et jusqu'à son souffle précipité révélaient l'homme qui hésite et chancelle au bord du crime.

Après un geste violent, il fit l'obscurité, quitta la pièce et s'enferma chez lui. Il sortit d'une commode une bouteille de rhum et un verre.

Sa nervosité, son trouble étaient tels qu'au moment de se verser à boire, il appuya si brutalement le goulot de la bouteille sur le bord du verre que celui-ci se brisa.

André Baume, dans son lit, réfléchissait. Il ne songeait pas au désastre que représentait la confiscation du coffret, ni aux sanctions qui s'ensuivraient.

Il ne songeait plus à la « crasse » que lui avait faite Macroy en se sauvant sans l'avertir, sans lui proposer de tenter l'aventure avec lui, selon les conventions des Chiche-Capon.

Dans son esprit mûrissait une idée nouvelle, fantastique, terrifiante. Ramenant le drap sur sa tête, comme avait fait Sorgues, un mois plus tôt, à la suite d'une expédition à la classe de sciences naturelles, André Baume grelottait.

La croix grecque

Les plumes couraient sur les cahiers. Une dizaine de collégiens écrivaient à leurs parents la lettre classique de l'élève, si semblable à celle du « tourlourou ». Missives qui glissent sur les mauvaises notes, les punitions, arrivent sournoisement « au fait », et que vient écourter avec régularité, merveilleusement à point, le son de la cloche, lorsque l'essentiel a été dit et qu'il convient de passer au chapitre des sentiments filiaux.

« Je n'ai pas eu de chance à la dernière composition… J'avais bien préparé la matière, mais…

Je serais bien content si vous vouliez m'envoyer cinq francs, je voudrais bien m'acheter… Mes chers parents, je pense tous les jours à vous. Mais la cloche sonne : je suis obligé de m'arrêter. Votre fils qui vous aime… »

Un garçon entra, s'approcha de la chaire, dit un mot à l'oreille de M. Benassis, chargé de l'étude du matin. Le regard du surveillant alla se poser, au fond de la salle, sur l'élève André Baume.

Le numéro 7 ne broncha pas. Il attendait le coup. Il s'y préparait depuis l'aube. À ce point que, dès qu'il avait vu le garçon pénétrer dans la salle d'étude, il avait posé ses mains à plat sur son pupitre, ses fesses s'étaient décollées de dessus le banc. M. Benassis avait livré à M. Boisse le coffret des Chiche-Capon. On allait vider Baume de la boîte, cela ne faisait aucun doute.

De même qu'ils avaient dit de Sorgues et de Macroy : « Ils ont sauté le mur ! » les élèves diraient du numéro 7 : « Il est sorti par la fenêtre ! » Baume s'en moquait. Cela lui était égal, parfaitement égal.

Depuis l'aube, il ne s'était pas donné la peine d'ouvrir un seul manuel, un seul cahier. À quoi bon ?

D'ores et déjà, il se considérait comme ne faisant plus partie de Saint-Agil. Il acceptait encore de se plier à la règle, à l'emploi du temps. Mais il eût pu, aussi bien, se livrer aux pires excentricités. Cela eût hâté l'exécution, mais n'eût rien changé, il le savait.

M. Benassis le savait aussi. Plusieurs fois, le regard du surveillant et celui de l'élève s'étaient croisés. L'attitude de Baume n'était que défi ; son œil bravait, narguait : chaque fois, M. Benassis avait préféré baisser les yeux. De temps à autre, le collégien prenait, sur un calepin neuf, des notes évidemment sans rapport avec les cours. C'était là toute son activité. Loin de la dissimuler, il y mettait de l'ostentation. Il eût souhaité de s'entendre ordonner : « Apportez-moi ce calepin ! » Il aurait refusé. Même par la force, on ne lui aurait pas arraché ce carnet : plutôt, Baume aurait boxé le surveillant, boxé le directeur lui-même. Il l'aurait fait vraiment. Il s'exaltait à cette pensée. Mais M. Benassis, qui saisissait parfaitement le manège, se gardait d'intervenir. Et Baume, dépité obscurément, ne pouvait que grommeler, le menton au creux des paumes :

– Face de rat ! Sale face de rat !...

Le garçon qui avait chuchoté à l'oreille de M. Benassis quitta la salle. Le surveillant toussa légèrement.

– Baume !... Chez M. le directeur !

Ça y était !

Le numéro 7 se mit debout, sans hâte. Flegmatique, il passa entre les bancs. Ses poches étaient gonflées de papiers personnels qu'il tenait à sauver du désastre. Il éprouva l'envie de commettre une saugrenuité, de crier : « Vive la fuite ! » ou « Adieu, les copains ! » mais il n'était qu'un enfant, après tout. Il se contenta d'adresser un sourire sardonique à M. Benassis et sortit sans faire d'esclandre.

« *Les soussignés, après avoir fumé le haschisch et le thé sacrés dans la même pipe, prononcé les paroles cabalistiques et accompli les incantations rituelles, jurent de gagner ensemble, dès que l'occasion s'en présentera, les États-Unis d'Amérique, peu importe en quelle ville, dès qu'ils auront satisfait à leurs obligations militaires ou même avant, si possible. Ils prennent cet engagement après mûres réflexions, sans pression d'aucune sorte ; ils ont le désir et la volonté inébranlables de tenir leur serment et le tiendront*

– à moins d'empêchement absolu. Leur décision est irré-
vocable. »

En guise de signature, les numéros 7, 22 et 95 avaient
été apposés au bas de ce document.

Un timbre-poste non oblitéré portant cette inscription : *1 cent. US Postage* et, en médaillon, les traits
de Washington, agrémentait et authentifiait cette
déclaration.

Le commissaire de police pouffa dans le creux de sa
main. M. Sorgues, le père du numéro 95, hochait la tête
mélancoliquement. Un homme long, maigre et blafard,
tout de noir vêtu, qui tenait sur ses genoux un chapeau
melon et des gants sombres, considérait méditative-
ment M. Planet, qui venait de donner à haute voix lecture de ce document. M. Boisse était crispé. M. Donadieu, l'œil humide, considérait avec désolation André
Baume, debout, auprès d'une table ovale. La scène se
passait au rez-de-chaussée de Saint-Agil, dans le salon
de réception. Le personnage au melon et aux gants se
nommait M. Quadremare, un homme de bien qui
réglait, au collège, les pensions de Macroy et de Baume.
M. Boisse, le matin même, dès que M. Benassis lui avait
remis le coffret des Chiche-Capon, l'avait avisé de la
découverte et prié de se rendre à Meaux ; il avait également informé M. Sorgues, installé à Paris depuis une
dizaine de jours, et qui hantait les bureaux de la police
judiciaire dans l'espoir d'apprendre du nouveau sur le
sort de son enfant.

À la vue de la carte postale de Chicago, M. Sorgues n'avait pas eu d'hésitation.

– C'est bien l'écriture de mon gamin. Aucun doute ! Ainsi, voilà qu'il est là-bas !… Tout seul ! Et il ne m'a pas écrit…

Les pointes jaunâtres des moustaches à la gauloise tremblaient. Le commissaire de police rentra la tête dans le cou. Les mains de M. Donadieu dansaient sur ses genoux. M. Planet plongea ses doigts dans le coffret des Chiche-Capon ouvert sur la table, ramena une poignée de feuillets. Il y avait là des billets brefs, des lettres interminables.

« Le 4 mars. An II de l'Hégire des Chiche-Capon. Le numéro 22 aux numéros 7 et 95 : All right ! »

Une *communication critique* du numéro 7 :

« Il nous faut songer sérieusement à notre future vie américaine. Deux questions se posent :

1. Comment gagnerons-nous le Nouveau Continent ?

2. Une fois débarqués sur le sol de la Libre Amérique, que ferons-nous ?

Envisageons la question n° 1.

A. Quelle compagnie de navigation choisir ?

B. Dans quel port nous embarquer ?

C. Comment réussirons-nous à nous embarquer ? Étudier les tarifs des compagnies de navigation pour choisir la plus économique. Et les formalités ? Papiers, etc. Comment se les procurer ? D'abord, établir leur liste exacte. Et la question équipement ? Potasser le catalogue des Armes et Cycles.

Mais supposons le problème résolu. Nous voilà sur le port de... Au fait, quel port ? Mettons New York. Que faisons-nous ? Nous ne disposons d'aucune expérience, d'aucune connaissance, d'aucun métier spécial. Au Far-West, ça ne doit pas être facile de trouver à emprunter de l'argent. Pensons au struggle for life. Quel sera l'œuvre gigantesque, le fantastique projet que nous pourrons entreprendre ? Il faudra bien y songer un jour ou l'autre. En outre : quel est le climat là-bas ? Le genre de nourriture ? Le coût de l'existence ? Les Français sont-ils bien vus ? etc.

J'attends illico une réponse. Longue vie et dollars aux Chiche-Capon ! »

Tandis que M. Donadieu, abaissant et relevant le crâne, semblait donner à chacune de ces interrogations une approbation sans réserves, MM. Boisse, Sorgues, Quadremare et le commissaire de police fixaient, avec des expressions diverses, mais exprimant toutes l'ironie, André Baume, l'auteur de ce questionnaire serré. Figé, le regard lointain, le numéro 7 sentait, dans sa poche de veste, sous son bras gauche, le calepin où il avait pris des notes une bonne partie de la matinée. Ce contact le réconfortait.

Suivit une fière réponse du numéro 95.

« Ce que nous ferons ? Nous serons rois ! Rois de quoi ? Peu importe ! »

Et cette ébauche de programme :

« À New York, notre premier soin est de nous mettre en quête d'un hôtel. L'hôtel en question découvert, nous déjeunons et nous nous accordons deux ou trois jours de répit, histoire de nous reposer des fatigues de la traversée et de nous familiariser avec les habitudes et les mœurs des indigènes ainsi qu'avec les avenues, rues, squares, monuments et édifices importants. On laisse tomber les musées : pas de temps à perdre. Ensuite, nous tenons un grand conseil… Êtes-vous d'accord jusque-là ? Longue vie et dollars ! »

Il y avait deux post-scriptum :

« 1. Admirez la solidité de mon papier !!!
2. Entendu pour l'après-midi de la première journée des vacances de Pâques, à Paris. On fera les Américains !!! »

M. Planet poursuivait le dépouillement. Il donna lecture d'une réponse, beaucoup plus précise, de Macroy, le numéro 22, le technicien de la bande.

« Avouons-le, nous sommes encore insuffisamment armés. Lorsque nous serons initiés aux mystères du linge qu'il faut donner soi-même à faire blanchir et des chaussures qu'il faut faire raccommoder, nous serons davantage en état de nous défendre. Il est probable que nous serons obligés de nous restreindre à grands coups de tringle pour amener nos premières bank-notes ; il conviendra de se mettre farouchement la ceinture. Je propose ceci : nous nous procurerons avant notre départ des lettres de recommandation de personnes influentes. Tâcher d'en extorquer aux relations de M. Quadremare. Il a le bras long. »

M. Quadremare pinça les lèvres, fronça le sourcil. Baume était devenu écarlate.

« Notre plan d'action devant dépendre de lettres adressées par des gens, que nous ne connaissons pas encore, à des personnes que nous ne connaissons pas davantage, et dont nous ignorons la situation, il me semble plus urgent d'étudier les points suivants :

Nous devons nous faire par avance le plus possible aux mœurs américaines. À vrai dire, je ne les connais pas très bien, mais, d'après le Huret, on peut distinguer trois éléments principaux :

Le FLEGME, la DÉSINVOLTURE. Un SENS PRATIQUE très aigu.

Nous aurions intérêt à cultiver d'ores et déjà ces qualités (le numéro 95 surtout), et à piocher d'arrache-pied notre anglais, réellement insuffisant. »

Après cela venait une :

« Énumération rationnelle, cataloguée, méthodique, raisonnée, consciente et intégrale des pièces à produire au Bureau de l'American Passport pour l'obtention de l'American Visa : consentement légalisé des parents ou tuteurs. Deux photos. Bulletin de naissance. Certificat *d'engagement aux USA ou lettres prouvant le but exact du voyage. »*

Ensuite :

« Je m'occupe à établir, d'après les Armes et Cycles, la liste du bagage indispensable. Principe absolu : ne pas s'encombrer. »

Et, pour terminer :

« Soyons pratiques. Je propose la fondation d'une caisse mutuelle pour notre voyage. Réponse illico, svp. Longue vie et dollars aux Chiche-Capon ! »

Le commissaire, égayé, riait à petits coups. Baume était sur des charbons et attendait avec impatience la fin de ce supplice. L'expression de M. Boisse demeurait glacée.

La cloche sonna. On perçut, venant de l'étude, un grand remue-ménage.

« Le réfec ! se dit Baume. On va me flanquer la paix ! Pas trop tôt ! »

Tout près de la pièce, le long d'une des branches de la croix grecque dessinée par les deux galeries, le flot des élèves coulait. Le commissaire se frotta les mains.

– Eh bien, vous voilà rassuré, monsieur Sorgues... Rassuré... Façon de parler. Ce n'est pas drôle pour un père de savoir son rejeton seul, à seize ans, sans le sou, à des milliers de kilomètres ! Mais du moins, vous savez où il est ! Soit dit en passant, il est déluré, le bougre ! Voyez-moi s'il a eu vivement fait de traverser la mare aux harengs ! Il est peut-être déjà roi de quelque chose, à l'heure qu'il est !

— Je ne m'explique pas qu'il ne m'ait pas écrit, interrompit le père.

— Eh parbleu ! Il l'a fait, mais la lettre se sera égarée.

Chacun opina. C'était l'hypothèse la plus vraisemblable.

— Quant à Macroy, je vous garantis que nous ne le laisserons pas filer si facilement. Le nécessaire sera fait pour que votre protégé soit rapidement retrouvé, monsieur Quadremare.

Le commissaire se tourna vers André Baume.

— Et vous, sans doute, mon bel oiseau, vous vous apprêtiez à vous envoler aussi ?

Baume ne répondit pas. Le magistrat haussa les épaules.

— Tiens, tiens ! fit M. Planet.

Il élevait un carré de papier. Il lut :

« La provision de cibiches s'épuise. C'est au numéro 7 de la renouveler. Remettre comme d'habitude l'argent à Joly après la classe de maths. Penser également aux bougies et au chewing-gum. Signé : numéro 22. »

— Joly ? Ah vraiment !... grinça M. Boisse.

Joly était un externe qui suivait les cours de quatrième.

Le préfet de discipline nota sur son carnet :

« L'élève Joly fait le commissionnaire pour ses camarades et introduit des cigarettes et des bougies dans l'établissement. L'interroger. »

Du coffret, il tira ensuite un énorme cahier. Une étiquette était collée sur la couverture.

– Qu'est-ce ? demanda M. Boisse.

M. Planet feuilleta. Une centaine de pages étaient couvertes d'écriture.

– Une espèce de roman. Cela s'intitule :

« MARTIN, SQUELETTE *ou Les Exploits des Chiche-Capon, racontés par le numéro 95. Chapitre premier : La Grande Pyramide d'Égypte…* »

– Bon, bon ! jeta le commissaire. Je crois que nous sommes suffisamment édifiés. Il est l'heure de déjeuner. Messieurs, je vous salue.

Il sortit. M. Boisse se tourna vers M. Quadremare.

– Je ne suppose pas qu'il nous soit possible d'envisager le retour de l'élève Baume à Saint-Agil après les grandes vacances. Cette affaire est trop grave. Songez que cela a duré trois années ! Trois années de préoccupations inspirées par l'esprit de révolte…

– Je suis de votre avis, monsieur le directeur, dit M. Quadremare.

Une joie tumultueuse bouleversait le numéro 7. Fini, de cette sale boîte ! Quoi qu'il pût arriver, maintenant, ce serait du nouveau !

– J'estime, néanmoins, reprit M. Boisse, qu'il serait regrettable de priver André Baume du bénéfice des examens de fin d'année en le retirant dès aujourd'hui de la pension. Nous touchons aux vacances. Si André Baume veut promettre de faire preuve, durant ces trois dernières semaines de l'année scolaire, d'une conduite et d'une application exemplaires, je consentirai à ce qu'il reste. Répondez, Baume !

La pensée d'avoir encore une vingtaine de journées à passer à la pension remplit d'écœurement le numéro 7. Cependant, il murmura :

— Je promets, monsieur le directeur.

— Comprenez-moi bien. Pas un mot de cette affaire à vos camarades. Pas une minute de dissipation. Pas une mauvaise note : sinon, c'est la porte im-mé-dia-te-ment. Je renonce à vous adresser aucune semonce. C'est uniquement par égard pour votre bienfaiteur, M. Quadremare, que je retarde l'application de la sanction. Je m'exprime clairement, n'est-ce pas ?

— Oui, monsieur le directeur.

— Au cas où vous ne seriez pas résolu à faire de votre mieux durant ces trois semaines, il serait préférable de le déclarer nettement. Votre cas n'en saurait être aggravé. Vous partiriez séance tenante, voilà tout. Dites si vous êtes sérieusement décidé à tenir votre promesse.

— Oui, monsieur le directeur.

— Parfait. Vous reprendrez votre place parmi vos camarades lorsque vous aurez présenté vos adieux à votre bienfaiteur.

M. Quadremare et M. Sorgues prirent congé. Arrivés à Meaux pour des motifs identiques, ils avaient convenu de déjeuner ensemble. Au pied du perron, M. Quadremare exprima à Baume, en quelques phrases bien senties, ce qu'il pensait de sa conduite. Le numéro 7 regarda profondément cet homme long et noir, hésita, puis prit un parti.

— Monsieur Quadremare, chuchota-t-il, il faut que je vous parle.

— Je vous écoute, fit l'autre, s'attendant à des paroles d'excuses, des protestations de regrets. Mais ne comptez pas m'attendrir. Vous avez eu une conduite abominable. Je suis outré.

L'élève jeta autour de lui des coups d'œil furtifs. Des mouvements nerveux révélaient un état d'exaltation considérable. Il se mordit les lèvres, baissa la voix davantage.

— Sorgues et Macroy…

— Quoi ? fit M. Sorgues, avançant précipitamment.

— Il a dû leur arriver malheur à tous deux… Je soupçonne… Emmenez-moi en ville avec vous, monsieur Quadremare. Je… je n'ose parler ici… Emmenez-moi en ville un moment, et…

— Si vous savez quelque chose de particulier, pourquoi avoir gardé le silence tout à l'heure ? jeta M. Quadremare. Je ne crois pas un mot de ce que vous dites et ne vous emmènerai certainement pas !

L'élève implora du regard M. Sorgues.

— Emmenez-moi, répéta-t-il. Je ne puis pas ici. Pas ici…

M. Quadremare demeurait sceptique.

— Que signifie cette comédie ? Vous emmener en ville ? Pour vous offrir un bon déjeuner au restaurant, peut-être ? Ce serait une singulière façon de vous punir ! Quels mensonges préparez-vous ?

M. Sorgues vint à la rescousse.

– Emmenez-le, monsieur Quadremare ! Il me paraît sincère. Et, s'il ment, il vous restera toujours la ressource…

– Soit !

M. Quadremare rentra dans le bâtiment.

– Monsieur le directeur, permettez-vous que je garde Baume une heure ou deux ?

– Mais certainement, cher monsieur. Vos recommandations ne pourront que lui être salutaires.

– Voici ! dit un peu plus tard l'adolescent, en tirant de sa poche le carnet où il avait écrit dans la matinée. J'ai tout expliqué là. Il y a quantité de détails… Lisez.

Tous trois étaient assis dans une salle de café. Aucun autre consommateur : l'heure de l'apéritif était passée. M. Quadremare buvait un madère ; M. Sorgues, une absinthe ; le collégien, un malaga.

Penchés sur le calepin, l'homme au chapeau melon et l'homme aux moustaches à la gauloise se mirent à lire.

« RAPPORT
sur la disparition de MATHIEU SORGUES
(12 juin)
et sur celle de PHILIPPE MACROY
(7 juillet)

« *Commencé le 10 juillet.*

Le 7 au soir, j'avais été étonné de ne trouver sous mon traversin aucune note de Macroy m'expliquant sa décision de se sauver et ses plans pour la suite.

J'espérais qu'il en avait laissé une dans le coffre des Chiche-Capon.

M'étant rendu cette nuit (nuit du 9 au 10) dans la classe de sciences, je n'ai pas trouvé de note du numéro 22. Ça m'a d'abord dégoûté. Je me suis dit : "Les Chiche-Capon, c'est bien fini !" La bougie brûlait dans le crâne de Martin. Le squelette avait l'air de se payer ma tête. Avant de refermer le coffre, j'ai encore jeté un coup d'œil à la carte postale de Sorgues. C'est alors que j'ai remarqué quelque chose de bizarre, sur cette carte. Des soupçons m'ont frappé instantanément. Une intuition. J'ai eu peur. J'ai regardé encore Martin : il n'était pas beau à voir. Puis Benassis s'est amené. Mais soyons méthodique.

A. RÉFLEXIONS SUR LA CARTE POSTALE

Elle a été écrite incontestablement par Sorgues et expédiée de Chicago. Mais trois bizarreries :

1. Nous avions l'habitude d'écrire Chiche-Capon avec un trait d'union. Sur la carte, Sorgues n'en a pas mis. POURQUOI ? »

L'écriture était haute, la typographie aérée. Peu de texte suffisait à garnir une page. M. Quadremare lisait plus vite que M. Sorgues. Lorsqu'il était arrivé au bas d'une page, il la pinçait entre deux doigts par l'angle inférieur, et attendait.

— Vous pouvez tourner.

« 2. M. Philippe Macroy, esq.

Sorgues savait fort bien, nous en avions plusieurs fois discuté ensemble, que c'est une faute, grammaticalement, de mettre : esq. après un nom propre quand on a mis M. devant. Esq. signifiant justement : monsieur, d'après l'Elwall. Or, Sorgues a écrit : M. Philippe Macroy, esq. POURQUOI ? (Et il était en Amérique. Raison de plus pour faire attention à son anglais !)

3. ENCORE PLUS IMPORTANT. *Il était depuis trois ans expressément convenu entre Sorgues, Macroy et moi que nous ne nous désignerions, en langage Chiche-Capon, que par nos numéros. Chiche-Capon 7. Chiche-Capon 22. Chiche-Capon 95. Ces numéros représentaient notre signature – la seule valable. Chiche-Capon, sans numéro, engageait toute la bande. Depuis trois ans, nous avions toujours observé cette règle. Il y avait même des sanctions de prévues ! POURQUOI, juste ce jour-là, tellement exceptionnel pour lui, Sorgues a-t-il dérogé à la règle ? »*

M. Quadremare eut un mouvement d'impatience.

– Tissu de puérilités ! Sans intérêt ! Si ce sont là toutes vos révélations, André, je vais vous reconduire tambour battant...

Baume ouvrit la bouche, avança un doigt.

– Allons toujours ! coupa M. Sorgues. C'est menu, mais ça se tient.

– Fariboles ! cher monsieur.

– Qui sait ? Il faut voir la suite.

– Je puis tourner ?

– Je vous en prie.

La page suivante contenait une réponse directe à l'accusation de puérilité formulée par M. Quadremare.

« *Je sais bien qu'à tout autre que moi ces réflexions paraîtraient idiotes ; mais il ne faut pas oublier que nous savions, au fond, que tout cela était très gosse et n'était réellement amusant que parce que nous avions inventé des conventions strictes.*

J'ai eu immédiatement, dans cette nuit du 6 au 7, un sentiment. Je ne veux pas écrire lequel tout de suite. Ou plutôt si, je vais l'écrire. C'était un sentiment de méfiance. Autrement dit, j'ai éprouvé l'impression que ces trois fautes étaient VOULUES. *J'ai flairé là un avertissement, de la part de Sorgues.*

J'ai fait par la même occasion diverses observations que voici :

a) Le fait que Sorgues n'avait écrit qu'à Macroy, au lieu d'envoyer une carte aussi pour moi, ou d'écrire nos deux noms sur la même carte (ça ne lui aurait pas coûté plus cher), ne cachait-il pas une intention supplémentaire d'alerter notre défiance ?

b) D'ORDRE PSYCHOLOGIQUE. PLUS IMPORTANT. *Celui de nous trois qui était le moins désigné, par tempérament, hardiesse, force physique, sens pratique, etc., pour tenter, tout seul, dans des conditions aussi difficiles, le voyage aux États-Unis et mener à bien cette entreprise, était à coup sûr Mathieu Sorgues. C'était un rêveur, un chimérique (voir ses lettres). Je suis certain que, le jour venu, il n'aurait pas refusé de partir avec nous. Ce n'était pas un dégonfleur. Mais* SEUL ? *Et le* PREMIER ?

c) Également d'ordre psychologique. ENCORE PLUS IMPORTANT. Sorgues était l'auteur du roman : Martin, squelette. C'était son rayon. Il le composait tout seul. On le laissait s'en débrouiller comme il l'entendait. Il s'en tirait d'ailleurs très bien. Il a toujours été fort en composition française. Macroy et moi, nous avions notre partie à nous : Macroy, la technique ; moi, la critique. Système de la division du travail. Sorgues en était très entiché, de son roman. Il nous en parlait à chaque récréation. Bref, il y tenait. (C'est compréhensible.) Eh bien, je demande : est-il VRAI-SEMBLABLE qu'il soit parti sans emporter son roman ? (D'autant qu'il y avait déjà une centaine de pages de faites. C'est quelque chose !) Je dis que c'est INADMISSIBLE !

Mais j'arrive à :

B. LES ANOMALIES

a) Nous nous tenions sincèrement au courant de tout ce qui nous venait à l'esprit : projets, ennuis, espoir, etc. Ni Sorgues (le 12 juin), ni Macroy (le 7 juillet) n'ont fait part de leur intention de fuir.

b) Ni Sorgues ni Macroy n'ont laissé aucune note pour s'expliquer. Le premier : vis-à-vis de Macroy et de moi ; le second : vis-à-vis de moi. Ces deux choses entièrement contraires aux règles des Chiche-Capon et, surtout, à l'esprit d'amitié réelle qui nous unissait.

c) Nous étions à moins de deux mois des vacances lorsque Sorgues a disparu et à moins d'un mois lorsque Macroy a disparu. N'est-il pas surprenant qu'ils n'aient pas patienté ? Surtout si l'on songe que nous devions tous trois passer ensemble le mois d'août – quinze jours en Provence, dans la propriété de M. Quadremare, et quinze

jours en Poitou, chez M. Sorgues. (M. Quadremare et
M. Sorgues avaient dit oui, c'était d'accord.) N'est-ce pas
SURPRENANT ?

PREMIÈRE CONCLUSION

Les fautes VOULUES de SORGUES sur sa carte, et les
diverses anomalies semblent indiquer que ces départs ne sont
pas NATURELS.

Je passe à présent à :

C. LES SIMILITUDES

Auparavant, je pense qu'un plan des lieux peut être utile.

SIMILITUDES

Le 12 juin

M. Mirambeau est de surveillance à l'étude du soir.

Un peu avant 5 heures et demie,
il met Sorgues à la porte.

Sorgues va chez le préfet de discipline (voir plan).

Sorgues se fait passer un savon.

M. Planet donne le REDEAT :
5 heures 45.

Sorgues se dirige vers l'étude,
M. Planet le suit des yeux jusqu'à ce
qu'il ait tourné l'angle (voir plan).

Sorgues ne se trouve pas alors
à plus de trois mètres de la salle
d'étude.

Personne dans les deux galeries.

Pourtant, Sorgues n'arrive pas jus-

Le 7 juillet

M. Mirambeau est de surveillance à l'étude du soir.

Un peu avant 5 heures et demie,
il met Macroy à la porte.

Macroy va chez le préfet de discipline (voir plan).

Macroy se fait passer un savon.

M. Planet donne le REDEAT :
5 heures 55.

Macroy se dirige vers l'étude,
M. Planet le suit des yeux jusqu'à ce
qu'il ait tourné l'angle (voir plan).

Macroy ne se trouve pas alors
à plus de trois mètres de la salle
d'étude.

Personne dans les deux galeries.

Pourtant, Macroy n'arrive pas jusqu'à la porte de l'étude. On constate à 8 heures sa disparition.

Le portier affirme ne pas l'avoir vu sortir.

Par la suite, on signalera qu'on l'a aperçu dans un train. Depuis : plus rien.

Si ! La carte de Sorgues, trois semaines plus tard. Mais j'ai dit mes raisons de la tenir pour suspecte. En outre, la disparition de Macroy ne remonte qu'à trois jours.

Qui sait si, dans quinze ou vingt jours, une carte de Macroy…

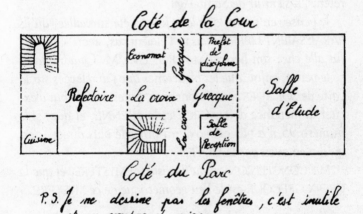

Côté de la Cour

Economat

Préfet de discipline

Refectoire — La croix Grecque — La croix grecque

Salle d'Étude

Cuisine — Salle de Réception

Côté du Parc

P.S. Je ne dessine pas les fenêtres, c'est inutile et on comprend mieux.

QUESTIONS ET CONCLUSION

QUESTIONS :

Que s'est-il passé, le 12 juin et le 7 juillet, près de l'intersection des deux galeries du rez-de-chaussée qui dessinent une croix grecque ? (voir plan)

109

Quels faits identiques (car il faut admettre des faits identiques si l'on veut raisonner utilement sur la loi des similitudes) ont bien pu se dérouler dans cet espace vide ?

Que l'on ait vu SORGUES, puis MACROY, voyager seuls semble impliquer qu'ils sont partis librement de la pension.

Mais moi, m'appuyant sur les observations que je viens d'énumérer, je pense que SORGUES, puis MACROY ont VU, ou ENTENDU, qu'ils ont SURPRIS, ou qu'on leur a RÉVÉLÉ quelque chose qui les a OBLIGÉS immédiatement, sans que des considérations d'aucune sorte aient été capables de les retenir, à s'enfuir de Saint-Agil.

Je pense, en outre, que leur fuite a été surveillée, qu'ils PARAISSAIENT LIBRES, mais ne l'étaient pas, sinon SORGUES fût allé chez son père et MACROY chez M. Quadremare.

Je pense, enfin, que les bizarreries que j'ai relevées sur la carte de SORGUES sont volontaires, faites dans le but d'exciter la méfiance de MACROY et la MIENNE, et que, si le numéro 95 n'a pas employé un procédé plus direct, c'est qu'il n'en avait pas le MOYEN.

MA CONCLUSION est qu'il existe un MYSTÈRE, et que la CROIX GRECQUE est le lieu géométrique de ce MYSTÈRE. »

M. Raymon

M. Quadremare eut achevé la lecture du rapport en avance de dix minutes sur M. Sorgues.

Il coinça le bout de son nez effilé entre le pouce et l'index, eut l'air d'avaler ses propres lèvres, puis les ressortit de sa bouche, et sa langue claqua. Il considéra M. Sorgues.

– Qu'en pensez-vous ? dit l'homme du Poitou.

– Je pense que nous sommes en présence de la montagne qui accouche d'une souris.

– Même s'il ne s'agit pas d'une souris... insista l'homme aux moustaches.

– Je suis de votre avis, accorda l'homme au chapeau melon.

– Songez qu'il y aura un mois après-demain que mon fils est parti. Et aucune nouvelle !...

– Je ne l'oublie pas. Je ne crois nullement aux mystères de la croix grecque, mais j'estime que tout n'est pas clair, en effet. Allons déjeuner, voulez-vous ? Nous étudierons la question. Debout, sacripant ! J'espère que les émotions ne t'ont pas coupé l'appétit.

Lorsque les deux hommes revinrent au café, Baume n'était plus avec eux. Son bienfaiteur l'avait reconduit à la pension.

Le débit s'était garni. Autour d'une table, trois professeurs de Saint-Agil étaient réunis, pour le digestif : M. Cazenave, qui « faisait » le latin-grec ; M. Grabbe, l'allemand ; M. Smet, les sciences naturelles. Leurs cours ne commençaient qu'à trois heures.

— Vous savez que j'ai rendu mon tablier, déclarait M. Cazenave, un homme du Sud-Ouest, court et bedonnant, qui roulait les r.

— Vous plaquez la boîte ?

— Le père Boisse devient par trop puant ! Je lui ai signifié hier soir qu'il avait à se chercher un autre professeur de latin pour la rentrée. *Alea jacta est !* Et comment va cette préparation d'agreg, Smet ?

M. Smet, un godelureau aux prunelles pâles qui semblait proche parent du mouton, soupira.

— Je bûche ! Mais c'est dur. Pour en revenir au maréchal des logis Boisse...

— *Achtung !* Voilà Benassis... souffla le professeur d'allemand, un Alsacien haut en couleur, dont les oreilles étaient si gonflées de sang qu'elles en paraissaient noires.

Œil de lynx, oreille de chat, langue de vipère : on pesait ses paroles lorsque Benassis était présent.

Le surveillant olivâtre laissa tomber sur la table une demi-douzaine de quotidiens.

— Ça se gâte de plus en plus, fit-il. L'Allemagne...

— Ça a l'air de vous faire plaisir !

– Voyons ! Quelle sottise ! Je me borne à constater ! Je n'ai jamais été pour la politique de l'autruche. Fermer les yeux pour ne pas voir n'arrête pas le cours des événements ! Les nations sont en train de se jeter des bolées de vitriol à la figure, comme des jolies filles !

– À propos de jolies filles, chuchota M. Grabbe, avez-vous remarqué la petite, là-bas, sur la banquette ?

– Supérieurement roulée ! opina Cazenave. Pas de Meaux. Ça se saurait. Qui diable peut-elle être ?

– *Une femme inconnue, et que j'aime, et qui m'aime…* jeta en riant un nouveau venu, M. Darmion, le professeur de lettres.

Il commanda un cognac et fit :

– Qu'est-ce qui se passe avec les élèves ? Une épidémie de fuite ? A-t-on des nouvelles de Macroy ?

Dans un coin, M. Quadremare confiait à M. Sorgues :

– J'ai gardé le carnet de Baume. Voici ce que je propose. Je suis très lié avec le préfet de police. Nous allons le voir ensemble dès aujourd'hui et il nous donnera son avis.

– S'il est à Paris en ce moment et s'il peut nous recevoir, je ne demande pas mieux…

– Il est à Paris et il nous recevra.

∽

À Saint-Agil, MM. Boisse, Planet et Donadieu examinaient ensemble *Martin, squelette*, le roman de Mathieu Sorgues. Les élucubrations du numéro 95 ne manquaient pas d'un certain sel. Cela commençait par un : « *Préambule.*

Les Chiche-Capon sont trois. Ils s'appellent Phil Mac Roy, Andy Bohm et Mathias Zorg. »

Sous la déformation orthographique, les identités réelles transparaissaient.

Leurs numéros sont : 22, 7 et 95. Comme leur nom l'indique, les Chiche-Capon bravent tous les dangers, relèvent tous les défis ; rien ne peut les faire reculer, pas même la mort. Ils ont en Europe, en Afrique, en Asie et en Amérique des repaires ignorés de la police, très bien organisés et confortables. Ils possèdent des autos, des avions, un sousmarin. Ils ont sous leurs ordres des lieutenants.

Bohm possède au plus haut degré la ruse et l'esprit critique. De plus, il est capable de battre à la course n'importe quel champion.

Mac Roy a la technique, la décision, l'audace. Il est fort et il connaît tous les secrets de la boxe et du jiu-jitsu.

Zorg a l'invention. Il est d'ailleurs très fort lui aussi, et il peut courir beaucoup plus vite qu'on ne le croit. Ses balles sont meurtrières.

Les CHICHE-CAPON *ont deux ennemis mortels :* LE BÉDOUIN, *un petit pète-sec à barbiche…* »

M. Planet jeta un regard rapide sur M. Boisse, qui s'était mis à tourmenter sa barbiche.

« … et son complice : JEF, L'HOMME VOLANT, *qui a des yeux de veau et marche comme un fantôme.* »

Ce fut au tour de M. Boisse de se tourner sardoniquement vers M. Planet.

« CHAPITRE PREMIER

La Grande Pyramide d'Égypte

— Enfer ! cria Bohm. N'est-ce pas le profil satanique du Bédouin que je viens de voir apparaître derrière le sarcophage d'Aménophis IV ? Ce sinistre personnage nous poursuivra donc partout ? Il en veut aux perles et aux rubis de la momie sacrée, lui aussi !

— Jef, l'homme volant, son âme damnée, ne doit pas être loin ! dit Zorg.

— Entrons dans l'hypogée, proposa Mac Roy, toujours pratique. Ce soleil me met la cervelle en ébullition. Les perles et les rubis de la momie sacrée ne nous échapperont pas, foi de Mac Roy… »

Le directeur et le préfet de discipline lisaient ce récit abracadabrant sans que l'ombre d'un sourire témoignât qu'ils se rappelaient avoir été des enfants, eux aussi jadis. Mais peut-être n'avaient-ils jamais été des enfants ?

— Pauvres petits ! Pauvres petits ! soupirait M. Donadieu.

Trois sons graves : trois heures.

On entendait, aux étages, le piétinement sourd des collégiens circulant dans les corridors. Changement de cours : on passait des maths aux lettres ; de l'histoire à l'anglais ; de la géo aux sciences naturelles.

– Nous étions arrivés, messieurs, aux hyménoptères. On entend par hyménoptères (du grec *humen* : membrane, et *pteron* : aile) un ordre d'insectes caractérisés surtout par des ailes membraneuses. La fourmi...

M. Smet allait et venait dans la classe de sciences naturelles. Il avait une voix pointue. Il s'accouda au piano.

– La fourmi...

Dans son placard, Martin, squelette, le regardait. M. Smet, beaucoup plus qu'aux hyménoptères, pensait à cette agrégation qu'il préparait, trimant chaque soir jusqu'à des minuit dans sa chambre du bas Meaux près des vieux moulins sur la Marne.

Un élève lâcha une grosse mouche à une patte de laquelle il avait attaché un bout de papier.

Dans une pièce voisine, M. Darmion, des lettres, faisait son cours.

– Nous en étions restés, messieurs, au mouvement romantique. Qu'est-ce que le romantisme ? Le romantisme est une littérature où domine le lyrisme. Mais qu'est-ce que le lyrisme ? Le lyrisme est d'abord...

En son for intérieur, M. Darmion se souciait assez peu du romantisme et du lyrisme. Du moins en ce moment. M. Darmion était jeune, fine moustache, dents blanches, nez droit ; il portait beau, s'habillait chic. Il avait été vivement impressionné par cette jeune femme « supérieurement roulée » aperçue au café.

« Qui diable peut-elle être ? » se demandait-il.

– Messieurs, le romantisme, et c'est là sa grandeur...

L'élève Renaud, le gommeux de la pension, faisait transmettre, sous les pupitres, un billet à un ami.

« *Aux vacances, je vais rester deux semaines chez mon oncle des Pyrénées. J'ai déjà combiné des excursions avec une petite cousine. Elle a quinze ans. Si tu la voyais, mon vieux ! Elle est bath ! Je compte bien rapporter sa photo, à la rentrée. Je te la montrerai.*
P.-S. : Et ton étoile ? »

La réponse ne tardait pas.

« *Elle ne m'a toujours pas répondu. Mais je vais tâcher de la voir aux vacances. Je sais qu'elle danse aux Folies-Bergère. Je l'attendrai à la sortie des artistes.* »

En classe d'arithmétique, le petit Mercier, de la sixième, pensait à Bobby, son hanneton. Dans la matinée, le jardinier avait promis de lui donner à la récré de 4 heures des feuilles de laitue bien tendres. Bobby adorait ça. C'était drôle de voir la petite dentelle qu'il dessinait autour, en broutant !

« T'énerve pas, Bobby, ça va venir !... »

En salle d'étude, le hanneton, dans sa boîte percée de trous pour la respiration, n'avait pas l'air de s'impatienter. Tapi dans un angle, le nez dans la feuille de marronnier, il ne remuait ni pied ni patte. Il se laissait vivre. Dormir et brouter, brouter et dormir, c'est à peu près tout ce que ça sait faire, un hanneton.

La demie passé trois heures sonna.

Au rez-de-chaussée, MM. Boisse, Planet et Donadieu terminaient la lecture du premier chapitre du roman *Martin, squelette* : La Grande Pyramide d'Égypte.

« Une fois de plus, les Chiche-Capon avaient triomphé de leur implacable adversaire le Bédouin et de son acolyte Jef, l'homme volant !

Le Bédouin frappa d'un poing rageur le pied de la Grande Pyramide.

— À vous la première manche, cria-t-il, écumant de fureur impuissante. Mais je gagnerai la seconde !

Impassibles, les trois aventuriers se dirigèrent vers leurs méhara. Leurs vastes poches de cuir étaient bourrées des perles et des rubis de la momie sacrée, gagnés de haute lutte. Le soleil se couchait dans une apothéose. Le parfum des lotus emplissait l'étendue. Zorg, Bohm et Mac Roy enfourchèrent leurs montures après avoir tourné la tête des bêtes du côté de l'Occident ensanglanté. Puis, répondant par un éclat de rire aux vociférations et aux menaces du Bédouin, ils s'éloignèrent vers Memphis, nonchalamment bercés au trot de leurs vaisseaux du désert. »

D'un geste sec, M. Boisse referma le « roman » du numéro 95 et prophétisa :

— Vous verrez ce que je vous dis. Dans dix ans, ce galopin écrira des romans policiers ! Quelle misère !

M. Donadieu revint au coffret des Chiche-Capon. Il y avait découvert une sorte de double fond. Il en retira des « documents » chiffrés et un morceau de carton où de petits carrés étaient découpés irrégulièrement : la « grille » de ces cryptogrammes. M. Donadieu tenta d'en déchiffrer un. Il n'y parvint pas. Les lettres dansaient devant ses yeux.

— Pauvres enfants ! Pauvres enfants !

Dans sa chambre, au second, M. Lemmel buvait.

Vers la fin de l'après-midi, le préfet de police reçut MM. Quadremare et Sorgues dans son cabinet de la préfecture.

— Quel bon vent, Quadremare ?

Lorsqu'il fut informé :

— À franchement parler, je ne crois pas pour un sou à ce « mystère de la croix grecque ». Je ne crois même pas à votre « souris », mon bon Quadremare ! Les enfants ont dû s'enfuir bien volontairement, et s'ils sont chiches de nouvelles c'est, apparemment, qu'ils ne se sentent pas très fiers de leur « exploit », à présent ! Toutefois…

Ce « toutefois » était destiné à suspendre une interruption de M. Sorgues.

— Toutefois, attendu que l'on a vu plus étrange et afin d'en avoir le cœur net, nous allons agir comme si nous avions la conviction que Saint-Agil pose réellement une énigme de nature plus ou moins criminelle.

« Il nous faut quelqu'un dans la place. Personne ne devra soupçonner le but de sa présence : ni élèves (y compris André Baume), ni professeurs, ni surveillants, ni garçons, ni même l'économe, le préfet de discipline ou le directeur. Cela pour deux raisons : d'abord, notre homme pourra mener ses investigations en toute liberté et ne pas risquer de voir les surveillants et les gamins rentrer dans leur coquille, à sa vue, comme des escargots auxquels on touche les cornes. Secondement : si, comme je le présume, il n'y a rien au fond de cette histoire nous aurons, du moins, évité le ridicule !

– Comment faire engager quelqu'un là-bas, à la veille des vacances ? Et à quel titre ? Comme garçon ? infirmier ? répétiteur ? Le personnel est au complet ! Professeur ? Impossible…

– Attendez donc… Il y a bien un moniteur de gymnastique ? Un M. Victor, dites-vous ?… D'où sort-il, ce Victor ? De Joinville ? Parfait ! Eh bien, il va arriver un accident à M. Victor ! M. Victor va se fouler la cheville ou se déplacer un muscle. Dans l'incapacité de tenir son poste, M. Victor présentera notre homme, muni des certificats et diplômes nécessaires, au directeur, en le faisant passer pour un ami. Je suppose que l'échange ne fera pas un pli.

– Mais en ce cas… nous devons révéler nos plans à M. Victor. Supposez qu'il soit justement pour quelque chose dans l'affaire ?

– Nous ne révélerons à M. Victor que ce qu'il nous plaira de lui révéler. Par ailleurs, il sort de Joinville : c'est une référence, et une commodité en ce qui concerne l'indispensable enquête sur son passé. Enfin, à partir de la minute où nous aurons entamé des pourparlers avec lui, il sera, sans qu'il s'en doute, surveillé plus étroitement qu'une jeune pensionnaire du couvent des Oiseaux, de touchante mémoire.

– Autre chose… L'homme qui se chargera des investigations ?

– Évidemment, il ne s'agit pas de confier à n'importe qui des recherches aussi spéciales. Je crois que j'ai notre affaire. Je pense à un certain personnage… Il applique des méthodes plutôt particulières, mais c'est précisément ce qui convient. Et pour le flair aussi bien que le tact… S'il y a vraiment un mystère de la croix grecque, cet homme-là le débrouillera.

Vers le même moment, rue Croix-Saint-Loup, à Meaux, la grande étude du soir commençait. Un élève toucha le coude de son voisin, le petit Mercier, dont les lèvres sautaient.

– Qu'est-ce que t'as ? T'en fais, une bouillotte !

– Il est mort !

– Qui ça, qu'est mort ?

– Bobby, mon hanneton !… Moi qui lui amenais de la laitue…

– Pauv' vieux !

– Je l'enterrerai près du jeu de boules, dit Mercier. C'est bon, comme coin, pas ?

*

Dès le jour suivant, vers la fin de la matinée, le moniteur de Saint-Agil, au cours d'une démonstration de « grand soleil », lâcha si malencontreusement la barre fixe que sa chute lui valut une entorse.

Le lendemain, un dimanche, il se présenta au premier étage, chez M. Boisse. Sa jambe droite était bandée et il s'aidait d'une canne pour marcher.

– Monsieur le directeur, je suis désolé… Ce maudit accident… Le médecin me prescrit le repos absolu…

Derrière M. Victor se tenait un grand diable à l'épiderme jaune citron, aux yeux vifs. Le moniteur le présenta.

– Mon ami Raymon… Un ancien de Joinville, comme moi, monsieur le directeur. Je me suis dit que peut-être…

– Plaît-il ?

– Voici, monsieur le directeur… Mon ami Raymon est sans occupation en ce moment. Il pourrait faire travailler les enfants jusqu'aux vacances. Mêmes principes d'éducation que les miens. Aucune différence pour les gamins…

Déjà, M. Raymon extirpait d'un portefeuille des papiers d'identité, brevets, certificats, diplômes, références, attestations de fédérations et de clubs d'entraînement sportif.

M. Boisse repoussa, du dos de la main, ces paperasses.

– Bon, bon ! fit-il avec une suprême indifférence. L'affaire est entendue. Vous assurerez donc, monsieur Raymon, les cours d'éducation physique jusqu'à l'expiration de l'année scolaire, en remplacement de M. Victor.

– Merci, monsieur le directeur, vous pouvez compter sur mon dévouement. Maintenant, puis-je encore vous demander, si ce n'est pas abuser…

– Plaît-il ?

M. Raymon arrivait de Paris. L'hôtel coûte les yeux de la tête… Serait-il possible de le nourrir et loger à la pension ? Naturellement, les frais seraient à retenir sur ses appointements.

– Aucune difficulté. Nous disposons de quelques chambres. M. Victor va vous conduire chez M. l'économe, qui réglera ces points de détail avec vous. Voyez aussi M. le préfet de discipline. Il vous informera du règlement de la maison et de tout ce qu'il est nécessaire que vous sachiez.

M. Boisse, d'un mouvement de la main, chassa les deux hommes, comme il eût fait des mouches. Dans l'échelle des valeurs, il plaçait les moniteurs de culture physique à peu près sur le même échelon que les garçons d'infirmerie et de cuisine.

– À ce soir, monsieur Raymon. Prompt rétablissement, monsieur Victor…

– Qu'est-ce que je vous avais dit ! soufflait peu après M. Victor à l'oreille de son compagnon, dans l'escalier. Ça a passé comme une lettre à la poste.

– En effet ! répondit M. Raymon. Où donne cette porte ?

– Réfectoire. Ici, l'étude. Là, vous avez l'économat. En face, le préfet de discipline. Sortie sur le parc, sortie sur les cours de récréation. C'est simple !

M. Raymon considérait les deux allées qui se croisaient à angle droit. Il acquiesça :

– Extrêmement simple !

– Par exemple, je ne vois pas bien ce que vous allez pouvoir glaner… Ce sera mince, comme enquête… C'est la monotonie en plein, ici !

– Bah ! On en rajoute !

– Je m'en doute ! Si vous ne mettiez dans vos rapports que ce que vous découvrez réellement !

– Parbleu !

– Vous fardez, quoi ! Des fois, je parie, il n'y a pas seulement un mot de vrai dans ce que vous racontez ?

– Cela arrive !

– Pourvu que ça plaise au patron, n'est-ce pas ? et que le mois tombe !

– Tiens !

– Un joli métier que le vôtre ! Pas cassant ! C'est vrai que, d'un sens, ça demande de l'imagination. Il faut en avoir dans le crâne.

– Oh ! vous savez… l'habitude…

– Tout de même, allez-y mollement, hein ? Gazez ! Question cuisine, par exemple… Il s'en passe de drôles, à l'office. Qu'est-ce que le chef se fait comme gratte ! Il y a aussi les combines avec les figaros… Et le concierge, avec sa confiserie… Mais n'appuyez pas trop. Si le directeur venait à apprendre que je savais de quoi il retournait, en vous amenant… Je tiens à retrouver ma place, en octobre !

– Ne vous frappez pas !

M. Victor tenait M. Raymon pour un reporter préparant, à l'intention d'une revue étrangère, une enquête sur la vie de collège en France. Il s'était prêté à la combinaison moyennant une bonne rétribution. Cela représentait en outre deux semaines de vacances inespérées : tout bénéfice !

Chez M. Donadieu, les détails de l'installation du

nouveau moniteur furent vite réglés. Il occuperait au second, près de la salle de jeux, une chambre réservée à M. Planet, mais que ce dernier n'utilisait pas. Son affection de la moelle épinière lui interdisant la position allongée, le préfet de discipline n'avait que faire d'un lit – son bureau du rez-de-chaussée lui suffisait donc.

– Dès ce soir, vous pourrez coucher ici, monsieur Raymon.

Au café où il avait laissé sa valise, M. Raymon trouva un télégramme : une réponse câblée par la police américaine. Aucune trace, à Chicago, d'un jeune Français qui serait arrivé un mois plus tôt et dont le signalement correspondît à celui de Mathieu Sorgues.

M. Raymon ouvrit le carnet de Baume, que lui avait confié M. Quadremare, et considéra, en faisant la lippe, la croix grecque dessinée par le numéro 7 sur son plan. Puis il commanda un apéritif corsé et alluma un cigare bon marché.

Il prit ses dispositions pour rentrer à la pension bien avant l'heure du dîner.

C'était un homme très liant que M. Raymon. Il eut tôt fait connaissance avec le personnel et les surveillants, à l'exception de M. Lemmel qui demeura enfermé jusqu'au dîner dans sa chambre.

Présenté aux élèves à leur retour de promenade, il se mêla à eux durant l'heure du goûter et les conquit.

M. Lemmel descendit, comme la cloche sonnait pour le dîner. M. Mirambeau fit les présentations.

– Ah ! vous êtes le nouveau moniteur…

– Eh oui ! M. Victor, après cette chute, n'est-ce pas, ne pouvait plus assurer son…

– Évidemment, évidemment !

M. Lemmel dévisageait M. Raymon avec insistance. Le moniteur remarqua que l'haleine du surveillant sentait le rhum.

Au dîner, M. Lemmel ne mangea presque rien, ne but que de l'eau.

Ses regards sautaient de M. Benassis à M. Raymon, s'appuyant principalement sur ce dernier. Un élève de troisième lisait, d'une voix morne, l'*Histoire du Consulat et de l'Empire*, par M. Thiers.

À la dérobée, les élèves examinaient le nouveau moniteur. Ils chuchotaient :

– C'est un type bien…

– Et costaud ! T'as vu ses bras ? Quels biceps, mon vieux…

– Classé second à l'interclubs de…

Comme le dîner s'achevait et que l'on allait se lever de table, M. Lemmel saisit brusquement une bouteille et se versa un plein verre de vin, qu'il vida d'un trait. Ensuite, il fixa une fois de plus, agressivement, M. Benassis et M. Raymon.

« Drôle de coco ! » se dit ce dernier, un peu plus tard, en rangeant ses effets dans sa chambre.

À ce moment, on frappa. C'était justement M. Lemmel. Celui-ci demeura sur le seuil.

– Est-ce que vous êtes un moniteur de gymnastique ou un surveillant ? questionna-t-il hargneusement.

– Mais je suis moniteur, vous le savez bien, s'étonna l'autre. Je remplace M. Victor qui s'est…

– Oui, oui ! Je suis au courant. Je vous demandais cela, n'est-ce pas… parce que… en fait de surveillants, c'est complet, ici. La surveillance ne laisse rien à désirer ! Vraiment rien…

Il se retourna. M. Planet passait.

M. Lemmel attendit que le préfet de discipline se fût éloigné pour lancer, en ricanant.

– Vous avez vu ? Rien à désirer…

Il s'en alla.

« Drôle de coco ! » se répéta M. Raymon.

On frappa de nouveau : c'était M. Benassis, ses poches, comme toujours, bourrées de journaux.

– Alors, on procède à la petite installation ?

– Vous voyez !

– C'est une bonne chambre, ici. Ah ! dame, vous donnez sur les cours. Vous entendrez piailler notre petit monde ! Ce serait plus calme de l'autre côté, sur le parc.

Il déplia un journal.

– Vous avez lu ? La politique…

– Oh, je ne crois pas à la guerre. Il y a de la friction, évidemment, mais… ça se tassera…

– Vous vous figurez cela ! Eh bien, je ne voudrais pas jouer les oiseaux de mauvais augure, mais je dis que ça va mal ! Mal, mal, mal !

Comme il parlait, on frappa une troisième fois. C'était encore Lemmel.

– Vous m'excuserez, monsieur Raymon. Je passais, j'ai entendu votre voix, Benassis. Je voulais vous demander… Pour l'étude de demain matin… Est-ce que ça vous dérangerait de me remplacer pendant la première demi-heure ?

— Eh ! s'exclama Benassis, c'est moi qui la fais, cette étude ! Vous savez bien que je fais toujours l'étude du matin !

— Ah, mais oui… c'est juste ! Où avais-je l'esprit ?

Il tourna un peu, puis grogna :

— Ça va mal, dites-vous, Benassis ? Je suis de votre avis ! Ça va très mal… si mal que ça pourrait finir par casser, d'un moment à l'autre…

Après un regard soupçonneux, il se décida à sortir.

— Ne faites pas attention, dit Benassis. Il est un peu toc-toc, je crois.

À son tour, il se dirigea vers la porte.

— Il faut que je file à mon dortoir.

— Vous avez laissé les petits tout seuls ?

— Non ! J'ai demandé à M. Mirambeau de me prêter un élève de philosophie pour qu'il me remplace cinq minutes. Je me sauve. À demain.

La surveillance
ne laisse rien à désirer

En pantoufles, M. Raymon quitta sa chambre. Trente pas le séparaient de la salle de sciences naturelles. Il y pénétra.

On était au mercredi. Au jeudi, plus exactement, puisque l'horloge avait sonné le quart après minuit. M. Raymon remplissait depuis trois jours les fonctions de moniteur à Saint-Agil.

Il alluma une lampe électrique et fit le tour de la pièce. Il flairait l'odeur de naphtaline, inventoriait, à travers les vitres, le contenu des placards. Lorsqu'il parvint devant celui que le squelette occupait, il l'ouvrit et attira Martin au milieu de la salle.

Ensuite, il se courba, chercha au bas de l'estrade le clou mobile qui maintenait en place la planchette derrière laquelle les Chiche-Capon avaient si longtemps dissimulé leur coffret.

Il n'eut pas le temps de trouver ce clou. Un pas rapide s'entendait dans le corridor. La porte fut ouverte violemment.

Déjà, M. Raymon avait éteint sa lampe, s'était précipité vers le commutateur.

– Inutile de faire le mort, dit le nouvel arrivant. Je sais que vous êtes ici !

M. Raymon sentit une main se poser sur ses doigts qui tenaient emprisonné le commutateur. Il n'hésita pas. Il frappa, au jugé. Le coup atteignit l'autre au creux de l'estomac.

Un juron retentit, l'homme, violemment repoussé, recula de quatre ou cinq pas ; il y eut un bruit de chute compliqué de craquements, un pupitre bascula : un tintamarre effroyable. M. Raymon regagna sa chambre aussi rapidement que silencieusement.

Quelques minutes plus tard, MM. Boisse, Planet, Benassis, Mirambeau, Lemmel, Raymon, tous en tenue sommaire, à l'exception de M. Planet qui, ne se couchant pas, n'avait pas à se dévêtir, se trouvaient réunis sur le seuil de la classe de sciences.

Au fond de la pièce, près de la chaire, le squelette gisait sur le parquet, la cage thoracique défoncée. Près du crâne, une flaque noire s'élargissait. Un encrier, arraché de son alvéole, s'était vidé de son contenu.

– C'est inimaginable ! Intolérable ! Que se passe-t-il dans cette maison ? Qui a pénétré dans cette classe ?

Personne ne répondit. M. Boisse appuyait sur chaque visage un regard chargé de suspicion.

On perçut un bruit de portes claquées, de marche hâtive.

M. Donadieu arrivait en clopinant.

– J'ai été réveillé en sursaut… J'espère qu'il ne…

Il aperçut le squelette ; ses joues et ses mains trem-
blèrent ; sa phrase s'acheva sur une espèce de gémissement. Son polype sifflait.

– Bien, dit M. Boisse, glacial. Fort bien ! Il y a eu un
pugilat, ici. Qui a pris part à ce pugilat et quelles en ont
été les causes – c'est ce que je m'efforcerai d'éclaircir
demain. L'affaire n'en restera pas là. Les combats nocturnes avec des squelettes, ce n'est pas le genre de la
maison, non vraiment ! Nous ne sommes pas accou-
tumés à cela et ne nous y accoutumerons pas !

Il avisa MM. Mirambeau et Benassis.

– Eh bien, messieurs ? Et vos dortoirs ? Imaginez-
vous ce qui doit s'y passer, tandis que vous êtes ici ?
Mais c'est effarant ! Je constate un relâchement singu-
lier de la discipline ! Vous vous rappelez mes paroles,
monsieur Planet ? Le mauvais esprit : le chiendent qui
se propage…

« Oh ! mais, je vais l'arracher, moi, le chiendent !
Tout cela va changer, quand je devrais faire place
nette.

Les surveillants de dortoir filaient, sans répliquer.

M. Boisse, frappé d'un soupçon, rappela M. Mirambeau.

– Veuillez donc vous assurer que le pantalon de
l'élève André Baume est soigneusement plié, comme il
convient, sur sa chaise. Si ce vêtement vous paraissait
avoir été hâtivement jeté, vous veilleriez à ce que
l'élève Baume se présente à mon bureau dès six heures
et il quitterait la pension séance tenante.

Dans les dortoirs, les élèves, dressés sur un coude,

chuchotaient. À l'approche des surveillants, tous s'étendirent avec ensemble ; des ronflements, trop consciencieux pour faire illusion, s'élevèrent.

M. Mirambeau alla au lit de Baume. Celui-ci ne feignait pas le sommeil, il ouvrit les yeux et sourit au surveillant, dans la pénombre.

— Vous êtes-vous levé cette nuit ? Absenté du dortoir, Baume ?

— Non, monsieur Mirambeau.

— C'est bien vrai ? Répondez-moi franchement.

— Parole, monsieur Mirambeau.

Le pantalon de l'élève avait été jeté, n'importe comment, sur le dossier de la chaise. M. Mirambeau le prit, le plia, le reposa.

— Du soin ! murmura-t-il. Un peu de soin, n'est-ce pas ?

Le ton était affectueux. M. Mirambeau s'éloigna, s'enferma dans son alcôve.

Dans sa chambre, M. Lemmel se frictionnait le creux de l'estomac. Il marmonnait :

— Saligaud ! Je n'aurais pas cru qu'il pouvait cogner si dur !

Il se versa un verre de rhum.

À l'autre extrémité du couloir, M. Raymon allumait un cigare, se dévêtait. Il aimait à fumer au lit, avant de s'endormir. Il s'allongea, éleva mollement un bras pour presser une poire commandant sa lampe de chevet.

– V'là les coupe-tifs ! Salut, les coupe-tifs !

Les enfants riaient, sautaient, se pressaient autour de trois garçons coiffeurs.

La cloche venait d'ouvrir la récréation de dix heures.

Parmi les jeunes élèves, beaucoup dissimulaient un énorme quignon sous leur veston. D'usage immémorial, à Saint-Agil, au petit déjeuner, on bourrait avec la salade du dîner de la veille, secrètement mise à « cuire » dans un tiroir, d'énormes tronçons de pain, vidés de leur mie. On dévorait cela ensuite, interminablement en étude, en récré, en classe... Cela menait jusqu'à midi...

– Allons, messieurs, « au coiffeur » !

Les figaros opéraient au premier, dans une petite pièce attenante à la classe de dessin.

– Hé, dites, les coupe-tifs, n'en enlevez pas trop, hein ? Je sors de finir une bronchite... Ma mère a écrit pour recommander que...

Les coupe-tifs riaient, promettaient, mais ne vous en laissaient pas un centimètre de plus pour cela. La consigne était de couper ras : ils coupaient ras !

– Paraît qu'ils les revendent, les tifs, pour les perruques et les postiches. Rien qu'à Saint-Agil, qu'est-ce qu'ils doivent se faire comme bénef !...

Tandis que les passionnés de barre fixe ou de trapèze s'adonnaient aux exercices violents, des garçons à lunettes, à la lèvre supérieure ombrée d'un trait de moustache, déambulaient en discutant gravement.

C'étaient les rhéto, les philo, ceux de maths élém., qu'obsédait la pensée du bachot. Le jour où ils devraient passer l'oral, à Paris, approchait.

M. Raymon se promenait dans la cour. En fonctions depuis quatre jours seulement, chacun déjà l'aimait. Il n'était pas rosse, bavardait volontiers. Même, comme moniteur, on le trouvait plutôt mieux que M. Victor, qui était bien, pourtant.

Hippolyte Fermier, le Cafard, rôdaillait, cherchait à s'insinuer dans les groupes, qui l'éliminaient rapidement.

— Alors, petit ? On ne joue pas avec ses camarades ?

C'était M. Raymon qui venait d'apostropher le Cafard. Après quelques échanges de répliques, il comprit tout ce qu'il y avait à tirer de ce gamin rechigné, observateur et médisant.

Il sut ainsi l'épisode du coup de poing donné à Fermier par Macroy avant son départ. Et que l'externe Joly apportait des journaux, des cigarettes et quantité de choses de la ville. Que Desaint collectionnait des timbres. Que Renaud était « en relations » avec une femme de théâtre. Que Serrurier, aussi, avait des photos de femmes dans son pupitre. Que Baume, la nuit, « faisait des vadrouilles » dans les corridors. Que l'externe Simon, le chouchou de M. Lemmel, lui apportait des bouteilles de rhum.

Cela, c'était plus intéressant.

— Il ne va donc pas en ville, M. Lemmel ?

— Oh ! pas souvent, m'sieur. Il ne sort guère. En tout cas, moi, je l'ai jamais vu sortir !

De dix heures et demie à midi, on travailla peu. Toutes les dix minutes, trois élèves quittaient la salle d'étude, montaient au « cagibi des coupe-tifs ».

Ébouriffés au départ, les gosses revenaient avec de drôles de faces rondes, nuque et tours d'oreilles dégarnis au maximum. Ils se contemplaient anxieusement dans des miroirs de poche, se demandant « s'il en restait assez pour faire la raie ! »

Toutes les cinq minutes, un roulement de sifflet : M. Raymon, dans la salle de gym, faisait travailler une section à la planche à pain, au cheval de bois, aux anneaux, au trapèze, à la corde à nœuds.

La cloche sonna.

Réfec.

Ensuite : promenade.

Mirambeau la conduisit. On aimait être conduits par l'Œuf. L'Œuf était bon type. Il ne vous faisait pas aller loin – ce qui signifiait une halte très longue. On pouvait organiser une partie de football ou de petite guerre. Il était chouette, l'Œuf !

Ce jeudi-là, il faisait beau. Une journée jaune. La pensée des vacances proches chauffait doux, comme un petit feu, dans les cœurs. Quelqu'un attaqua un pot-pourri ; cinquante voix vinrent à la rescousse. M. Mirambeau, en queue, racontait des histoires.

Dissimulé à la corne d'un bois, M. Planet surveillait le défilé, notait :

« Desaint : se détache du rang, en promenade, pour lancer des cailloux aux godets isolateurs des poteaux télégraphiques. »

André Baume, s'étant par hasard retourné, aperçut le préfet de discipline. De stupeur, il ouvrit la bouche. C'est qu'il avait également surpris, caché derrière un tronc d'arbre et observant M. Planet, un autre homme : M. Raymon, le nouveau moniteur. André Baume garda pour lui cette découverte.

Au retour, près de la cathédrale, on aperçut des professeurs de Saint-Agil à la terrasse d'un café. Benassis, Cazenave, Grabbe, Touttin, qui enseignait l'anglais, Sirvain, le chant, et Fontaine, le dessin. Ces deux derniers avec leurs femmes. M. Sirvain adressa un sourire à l'élève Vaudry, de la troisième. Vaudry avait une assez jolie voix : pour cette raison, il était le chouchou de M. Sirvain. Ces messieurs prenaient des apéritifs. M. Touttin buvait du thé.

Benassis étant présent, il était question du péril de guerre, bien entendu.

– *Si vis pacem, para bellum* ! proféra M. Cazenave. Je suis pour la paix, mais, s'*ils* nous embêtent trop, eh bien, en avant pour la tripotée !

– Oh ! monsieur Cazenave ! Voulez-vous ne pas parler d'horreurs pareilles !

– Mais, parfaitement, madame Fontaine, fit l'autre, se montant. Nous en avons par-dessus la tête, à la fin, de leur mysticisme agressif, de leurs parades belliqueuses ! Et que dire de ce cabotin mégalomane qui tient entre ses mains les destinées de l'Allemagne ? S'il n'y a pas moyen de leur faire entendre raison autrement, on remettra ça ! Que voulez-vous que je vous dise ? On ira – hé !

M. Raymon avait déjà réintégré sa chambre. Il consignait par écrit diverses observations et réflexions.

Lorsqu'il eut achevé ce travail, il s'en fut à la poste appeler téléphoniquement Paris.

L'entretien fut des plus brefs.

– Alors ? questionna le correspondant de M. Raymon.

Le moniteur, tout aussi laconique, se contenta de répondre :

– Intéressant !

Puis il rentra à la pension, alluma un cigare et se mit à parcourir les journaux. Un moment avant le dîner, il croisa M. Lemmel dans un couloir et proposa :

– Que diriez-vous d'un apéritif au café du Palais ?

– Merci. Je ne bois pas.

– Eh, moi non plus ! Mais, que diable… Ce serait une occasion de sortir, de se dégourdir un peu les…

– Merci, fit l'autre. Je ne sors guère.

– Raison de plus ! Il fait beau : cette petite ville est sympathique. Laissez-vous tenter !

– Merci, fit M. Lemmel pour la troisième fois. La ville ne m'intéresse pas.

Une vingtaine d'anciens élèves avaient fait savoir qu'ils assisteraient, le 18 juillet, à la réunion amicale de fin d'année.

Dès onze heures du matin, ils étaient tous arrivés. Certains avaient quitté la pension sept ou huit ans auparavant ; d'autres y étaient encore, en classe de philosophie, l'année précédente.

Tous prenaient le même plaisir, goûtaient la même émotion à revoir les lieux où s'était écoulée une partie de leur jeunesse, à rappeler des histoires de punitions, de consignes, de pensums qui, à l'époque, leur avaient sans doute tiré une larme ou fait serrer les mâchoires, mais, à présent, les divertissaient.

— C'était le bon temps !

— En étude, j'ai longtemps occupé telle place, à côté d'Untel… Qu'est-il devenu, au fait ?

— Il a fait son chemin, depuis ; il est dans la magistrature assise.

— Ah bah ! et Untel, qui était si chétif et a sauté le mur ?

— Mort.

— Ah ! diable…

Aux dortoirs, ils se montraient des lits.

— C'était ma place, ici, tenez !…

— Moi, j'ai dormi près de cette fenêtre deux trimestres. J'avais le numéro 46.

— Vous vous rappelez les promenades ?

— Si je me rappelle ! Chambry… Crégy… les baignades dans le canal…

— Et les quignons de pain bourrés de salade ! Et le bain de pieds, le samedi !… Dites, monsieur Mirambeau, il y a toujours bain de pieds, le samedi !

— Toujours… L'hygiène ne perd pas ses droits !

Sourires… soupirs… C'était vraiment le bon temps ! Le meilleur temps de la vie…

– À cette époque-là, j'occupais une haute situation !

– Laquelle ?

– J'étais gentleman-cambrioleur, mon cher ! Eh oui ! Comme Arsène Lupin ! Je l'étais... en imagination, naturellement ! Nous avions formé une bande, avec trois ou quatre camarades... Une bande avec statuts, règlements : on fabriquait des cryptogrammes. On raflait des millions ! J'ai bien dégringolé, depuis ! Chaque jour, je manipule des millions pour de bon – mais je ne rafle rien ! Je suis sous-chef caissier à la Banque de France !

– Nous avons toujours, répondit M. Mirambeau, nos bandes de gentlemen-cambrioleurs ! Rien n'a changé...

Ils arpentaient les corridors, les salles de classe, se penchaient sur les pupitres dans l'espoir d'y retrouver leurs noms, gravés par eux, au canif, jadis. Mais ce n'étaient plus les mêmes pupitres : tout s'use !

– Tiens ! Ce vieux Martin ! Mais que lui est-il arrivé ? Il avait toutes ses côtes, de mon temps !

– Un accident, répondit M. Mirambeau entraînant les anciens élèves hors de la classe de sciences naturelles...

– Et le matin, la crécelle... Ça, c'était le moment pénible.

– Ce l'est toujours, dit M. Mirambeau.

– Moi, j'étais plutôt tire-au-flanc. Il y a toujours des tire-au-flanc, j'espère ?

– Toujours, dit M. Mirambeau. Les bonnes traditions se perpétuent !

– Je faisais partie de la bande à l'huile de foie de morue...

– Il y a toujours une bande à l'huile de foie de morue, dit M. Mirambeau.

La cloche tinta.

– Réfec, fit plaisamment le sous-chef caissier.

Les anciens regardèrent défiler les collégiens sur la croix grecque. Ils les trouvaient touchants.

Les collégiens trouvaient cocasses les anciens.

– Ah! dis... ces binettes!

Le déjeuner, auquel assistèrent la plupart des professeurs, fut gai. Mais, si la gaieté des anciens élèves était de bon aloi, celle des surveillants, des professeurs, encore qu'ils fissent de leur mieux pour donner la réplique, était contrainte. Une atmosphère de réticence et d'arrière-pensée planait.

Les bizarres incidents nocturnes survenus dans la classe de sciences, et dont on continuait à ignorer les auteurs comme les causes, étaient restés dans toutes les mémoires. On n'y pouvait pas penser sans stupeur. Ce pugilat mystérieux, qui avait eu cette conséquence grotesque un squelette écrasé, posait une énigme exaspérante. Par ailleurs, on sentait M. Boisse dans un état d'irritation perpétuelle. M. Planet multipliait ses rondes, tournait comme une chauve-souris. Chacun éprouvait le sentiment qu'une confuse suspicion pesait sur tous et sur tout. Le souvenir des deux élèves enfuis remontait sans raison à l'esprit. L'attitude de M. Lemmel, ses airs d'individu traqué, ses paroles à double entente, n'étaient pas là pour arranger les choses. Ni Benassis, avec sa marotte de la guerre. Les nerfs étaient tendus. Certains anciens élèves y furent sensibles. Il en résulta de la gêne.

M. Lemmel, plus sombre que jamais, buvait beaucoup, contrairement à son habitude. Il répliquait aux amabilités avec une rudesse décourageante.

Il y eut ensuite une réunion au rez-de-chaussée, dans la salle de réception. Vers six heures, ce fut la séparation. M. Boisse proposa à quatre anciens élèves arrivés du fin fond du Sud-Ouest de rester dîner et coucher à Saint-Agil. Ils partiraient le lendemain de bonne heure. Ils éviteraient ainsi de voyager toute une nuit.

Lorsque M. Lemmel descendit pour le dîner, on vit nettement qu'il était ivre. Son visage congestionné, ses gestes mal dirigés, sa démarche raide : tout le disait. Pour comble, il se mit à boire, énormément.

Cinq professeurs assistaient au repas : MM. Darmion, Smet, Mazaud, Grabbe et Touttin. Vers la fin, comme les collégiens étaient montés aux dortoirs sous la surveillance de deux élèves de philosophie, M. Lemmel fit un éclat.

— J'en ai assez ! jeta-t-il à brûle-pourpoint à M. Benassis qui lui faisait face.

— Que voulez-vous dire ? balbutia l'autre, ébahi.

Lemmel tourmentait sa fourchette.

— Je n'aime pas beaucoup vos façons de m'épier perpétuellement. Je ne suis pas stupide, Benassis — vous me comprenez ? Je le sais, que la surveillance ne laisse rien à désirer, à Saint-Agil !

— Oh bien ! bien ! Je ferai de mon mieux pour ne plus vous regarder, désormais !

Les anciens élèves béaient.

M. Boisse tambourinait nerveusement sur la table et M. Planet fixait avec sévérité le surveillant rougeaud.

M. Donadieu, assis à la droite de M. Lemmel, était bouleversé.

– Je vous en supplie, contenez-vous, mon bon ami, chuchota-t-il. Mesurez vos paroles !

Pour tout commentaire, M. Boisse murmura à l'oreille de M. Planet :

– Ce scandale est intolérable. L'attitude de M. Lemmel est d'une… d'une indécence !… Je vous verrai demain matin à son sujet.

Il n'y eut pas d'autre incident.

Jusqu'à l'issue du dîner, ce fut un feu d'artifice continu.

M. Touttin, avec l'énergie du désespoir, mit la conversation sur les *nursery rhymes*, ces chansonnettes merveilleuses à l'usage des bébés anglais et américains. M. Grabbe confia qu'il venait d'acheter, chez un brocanteur, pour la classique « bouchée de pain », un lot de gravures d'Épinal : *les Âges de la vie, l'Histoire du Bon Michel, du Méchant Guillaume, la Vie et les Étapes d'Isaac Laquedem, le Juif errant*. M. Darmion développa, avec esprit, une chronique galante (voilée) de la gentry de Meaux. MM. Mirambeau et Raymon parlèrent sport, exercices d'athlétisme, lutte gréco-romaine.

On avait l'impression que l'on se noyait ; on se cramponnait désespérément.

À la sortie du réfectoire, M. Lemmel, profitant d'une

seconde où il se trouvait seul à la hauteur de M. Benassis, lui souffla :

— Vous m'avez compris ? *Je sais* que la surveillance ne laisse rien à désirer, à Saint-Agil… *je le sais !* Et quant à l'affaire de la classe de sciences, nous nous reverrons !

M. Benassis crut que Lemmel allait le frapper et fit un écart. Il ne comprenait rien à cette hostilité.

— Un tour dans le parc ? proposa M. Donadieu. Quelle soirée délicieuse !

— Je vous demanderai la permission de remonter à mon dortoir, monsieur le directeur, dit M. Benassis, exaspéré de sentir toujours sur ses talons M. Lemmel dont les regards ne le quittaient plus.

— Mais non, mais non, monsieur Benassis. L'élève de philosophie qui surveille les petits peut fort bien vous remplacer encore un moment. Il est sérieux et ne tolérera aucun désordre…

M. Lemmel se détacha du groupe. Il se mit à errer, loin derrière, entre les arbres.

M. Planet, à l'intention des anciens élèves, forgea une excuse.

— Lemmel a contracté jadis les fièvres paludéennes. Cela lui remonte au cerveau de temps à autre, mais cela ne dure pas. Demain, il sera bien. Fâcheux incident, évidemment. Surtout un jour pareil.

La nuit tombante mit un terme à la promenade dans le parc. M. Donadieu proposa, avant le coucher, une dernière cigarette dans la salle de jeux, au second étage.

M. Lemmel vint y retrouver le groupe, après avoir passé chez lui et s'être versé une rasade de rhum.

M. Raymon, vers dix heures, se retira dans sa chambre. Celle-ci étant contiguë à la salle de jeux, il entendait, derrière la cloison, la rumeur des conversations.

Puis il perçut un bruit de pas sur le palier. M. Darmion rentrait en ville. Tiré à quatre épingles, l'œil allumé et le port avantageux, il était visible qu'il se rendait à un aimable rendez-vous.

Après cela, M. Raymon entendit encore des pas très rapides : ceux de M. Benassis.

M. Lemmel, l'œil flambant, l'haleine empuantie par le vin et l'alcool, venait de grogner de nouveau à l'intention de M. Benassis quelque chose au sujet de « la surveillance qui ne laissait rien à désirer, à Saint-Agil ». Pour éviter un esclandre, le surveillant, réellement inquiet, avait rapidement souhaité le bonsoir, serré des mains et montait à son dortoir où un élève de philosophie, en dévorant un volume des comédies de Labiche recouvert d'une couverture ornée, par ses soins, de ce titre : *La Pensée religieuse de Descartes*, attendait patiemment qu'il vînt le relever.

Deux ou trois minutes s'écoulèrent. M. Raymon se préparait à ôter ses chaussures. La porte de la salle de jeux fut claquée. Un pas pesant mais précipité résonna sur le palier, s'éleva dans l'escalier dont les marches gémirent : c'était celui de M. Lemmel.

M. Donadieu et M. Boisse sortirent presque aussitôt et descendirent ensemble. M. Donadieu se rendait au rez-de-chaussée afin de choisir à l'économat quelques spécimens de reliures de sa façon, qu'il voulait montrer aux anciens élèves. M. Boisse pénétra dans sa chambre du premier étage pour y prendre de vieux registres de la pension, où il voulait rechercher des noms d'élèves depuis longtemps partis et sur lesquels la conversation roulait. Dans la salle de jeux, M. Planet tira de sa poche une lampe électrique.

– Chers amis, je vous laisse quelques instants. La ronde habituelle à exécuter !

Il quitta la salle par la porte opposée à celle par laquelle étaient partis MM. Darmion, Benassis, Lemmel, Boisse et Donadieu. Il passa devant la chambre à coucher de M. Donadieu et s'engagea dans l'étroit escalier menant, en haut, au dortoir des grands, vers le bas, aux classes du premier et, au rez-de-chaussée, à la cuisine.

Il descendait.

MM. Mirambeau, Mazaud, Touttin, Smet, Grabbe et les quatre anciens élèves s'approchèrent d'un buste de Voltaire, en plâtre, posé sur un socle dans un angle de la salle de jeux.

Chez lui, M. Raymon n'avait encore ôté qu'une chaussure.

Au troisième, Lemmel s'était planté entre les deux dortoirs, devant la porte de M. Benassis, et secouait le loquet en grognant, d'une voix menaçante, sa phrase sempiternelle sur « la surveillance ».

M. Benassis n'ouvrait pas pour la raison qu'il n'était pas dans sa chambre. Il se tenait dans son dortoir, avec l'élève de philosophie. Tous deux écoutaient l'homme ivre proférer des invectives.

– Ne bougez pas, disait le répétiteur à l'élève. Il va se calmer.

146

En effet, M. Lemmel se tut. Il marcha vers l'escalier, s'appuya lourdement à la rampe qui vibra. Sa tête tomba en avant. M. Benassis et l'élève de philosophie au troisième, M. Raymon au deuxième, entendirent des hoquets, une éructation. M. Lemmel vomissait dans la cage de l'escalier. M. Raymon, en ricanant, se mit à délacer sa deuxième chaussure.

À cet instant, les lumières s'éteignirent partout à la fois dans l'immeuble, tandis qu'un cri terrible retentissait, aussitôt suivi d'un bruit d'écrasement.

Glacés d'angoisse, tous les collégiens s'étaient dressés sur leurs lits.

L'élève de philosophie qui surveillait au dortoir des grands et M. Benassis qui se trouvait avec un autre élève de philosophie au dortoir des petits accoururent, effarés, sur le palier. La lueur du briquet du surveillant éclaira les deux galeries, le palier et, au-dessous, l'escalier. Il n'y avait personne.

Au second, pendant ce temps, M. Raymon, un pied nu, l'autre chaussé d'un soulier délacé, sa lampe électrique à la main, s'était rué sur l'escalier lui aussi. La lumière de sa lampe troua les ténèbres et laissa voir, au bas de l'escalier, le corps de M. Lemmel étendu, bras en croix, sur les dalles du rez-de-chaussée.

Au premier, une flamme tremblotante naquit.

– Qu'y a-t-il ? Qu'est-il arrivé ?

M. Boisse avait allumé une bougie. Penché au-dessus de la cage de l'escalier, il regardait dans la direction de la lampe de M. Raymon et du briquet de M. Benassis.

– Qu'est-il arrivé ? répéta-t-il.

Puis il fit : « Oh !... » et approcha de la flamme sa main gauche qu'il avait appuyée à la rampe. Sa paume était souillée. M. Boisse promena vivement sa bougie le long de la rampe. Il y avait des plaques gluantes ; il s'en voyait aussi sur les barreaux et sur certaines marches. C'étaient les matières vomies par M. Lemmel, qui avaient fait gerbe, en tombant.

À ce moment, un gémissement s'entendit. M. Donadieu, sorti de l'économat une lampe à pétrole au poing, venait d'apercevoir le corps du surveillant.

M. Mirambeau, M. Smet et deux anciens élèves, dès le cri et l'extinction des lumières, s'étaient précipités hors de la salle de jeux sur le palier du second, où ils avaient trouvé M. Raymon, cependant que MM. Grabbe, Touttin, Mazaud et les deux autres anciens élèves, traversant la salle de jeux dans le sens opposé, étaient allés, près de la chambre à coucher de M. Donadieu et l'escalier du fond, au compteur d'électricité, afin de remplacer les plombs qui avaient sauté.

Mouvements, interjections, questions : tout cela avait été simultané, pour ainsi dire.

On perçut un bruit lointain. Celui de la porte cochère de la pension que M. Darmion laissait retomber.

Dix secondes plus tard, au rez-de-chaussée, la porte qui donnait sur les cours de récréation s'ouvrit. Un homme entra, lampe électrique au poing et demanda :

– Que se passe-t-il ?

C'était M. Planet. Surpris pendant sa ronde, au fond de la cour des petits, par le cri et l'extinction insolite des lumières, il s'était hâté de revenir.

M. Donadieu, horrifié, n'osait faire un geste. Le préfet de discipline se pencha sur le corps du surveillant.

— Le crâne a éclaté, dit-il. C'est horrible. Il y a de la cervelle partout. Le pauvre Lemmel est mort sur le coup. Mais qu'est-ce qui a bien pu se...

— S'il est mort, ne touchez pas au cadavre ! lança M. Mirambeau d'une voix forte.

Dans le silence profond qui suivit, la conversation de ceux qui s'affairaient près du compteur, de l'autre côté de la salle de jeux, fut nettement perceptible. Soudain, M. Planet se précipita vers M. Donadieu.

L'économe venait d'être pris d'une faiblesse.

Tous les plombs avaient fondu : il fallut une dizaine de minutes pour que la lumière fût rétablie partout.

∂

— Le docteur a déclaré ne voir aucune objection sérieuse à la délivrance du permis d'inhumer. Toutefois, avec beaucoup de circonlocutions et en s'excusant de se montrer aussi tatillon, il a laissé entendre qu'en raison des circonstances un peu... particulières de cet accident, il serait préférable qu'auparavant le commissaire de police...

— Parbleu !

— Le commissaire est venu. Il n'était réveillé qu'à demi. Il a expédié son affaire très vite. Son siège s'est trouvé fait dès l'entrée : accident. L'ébriété de Lemmel, sa position au-dessus de la cage de l'escalier, le court-circuit et l'obscurité soudaine... La chute... Fatalité !

Tout cela était clair – très clair. Le commissaire n'a procédé aux interrogatoires que par souci de la forme.

– Accident… Possible, évidemment ! Encore que le suicide, tout aussi bien…

– La théorie de l'accident est tellement plus simple !

– Et s'il s'agissait d'un meurtre ? objecta M. Quadremare.

Ce dialogue se déroulait à Paris dans le cabinet du préfet de police où M. Raymon s'était présenté, le lendemain du drame, dans la matinée. Ce jour-là étant un dimanche, ses fonctions de moniteur ne l'avaient pas retenu. M. Sorgues assistait également à l'entretien.

– Un meurtre ? répéta M. Raymon se renversant en arrière. Bien délicat… Il est relativement facile d'imaginer des mobiles à un tel crime, ainsi que les conditions dans lesquelles il aurait été commis. Mais la suite ?

– Qu'entendez-vous par là ?

– La fuite de l'assassin. Comment se l'expliquer ?

M. Raymon se redressa.

– Examinons la chose. Tout d'abord, à supposer qu'il y ait eu crime – pour parler comme André Baume –, le coupable peut-il être :

« A) *Benassis* ?

« Assurément non ! Benassis se trouvait dans le dortoir des petits en compagnie d'un élève de philo. Le témoignage de l'élève couvre Benassis et le témoignage de Benassis couvre l'élève.

– Complicité entre Benassis et l'élève ? suggéra le préfet.

– Impossible ! Le témoignage de tous les petits nous assure que Benassis et l'élève n'ont quitté le dortoir que lorsque le cri a éclaté. Mais poursuivons. Le coupable peut-il être :

« B) *L'élève de philo de surveillance dans le dortoir des grands en remplacement de Mirambeau ?*

« Non ! Là encore nous avons le témoignage du dortoir entier.

– Pourquoi pas quelqu'un d'autre, monté secrètement ? fit encore le préfet.

– Cela, toujours pour parler comme André Baume, c'est l'hypothèse C, repartit M. Raymon en souriant. On peut même admettre que quelqu'un, depuis un temps plus ou moins long, se tenait caché dans la chambre de Benassis.

« Admettons l'hypothèse C.

M. Raymon s'interrompit.

– Ici, il me semble qu'un plan du troisième étage s'impose.

Il traça rapidement un dessin sur une feuille de papier.

COUR

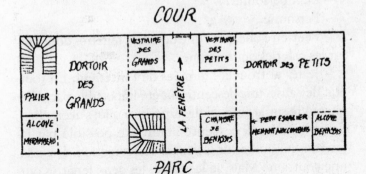

PARC

– Voici un plan rudimentaire mais suffisamment clair. Vous pourrez suivre plus aisément. À l'exception des élèves couchés dans les dortoirs, des deux élèves de philo commis à leur surveillance et de Benassis – tous innocents ainsi que nous venons de le démontrer – on n'a découvert, après le crime, absolument PERSONNE :

« 1. dans les galeries du troisième ;

« 2. dans la chambre de Benassis ;

« 3. dans les vestiaires des dortoirs ;

« 4. dans les dortoirs.

QUESTION
« Comment l'assassin s'y est-il pris pour fuir ? »

– Un instant, dit le préfet. Je vois, dans le dortoir des petits, un escalier menant aux combles.

– Outre que le meurtrier n'aurait pas pu emprunter cet escalier sans être remarqué, répliqua M. Raymon, j'oubliais de vous dire que les combles ont été visités également.

– Et… personne ?

– Personne.

– Peut-être que, par l'une des deux fenêtres donnant sur les galeries du troisième…

– Je les ai trouvées fermées de l'intérieur. En tout état de cause, une descente eût été impossible par celle qui ouvre sur le parc. Nulle aspérité à quoi s'accrocher. En revanche, la descente aurait été possible par la fenêtre qui ouvre sur les cours de récréation. Il y a là une gouttière. Mais, je le répète, les deux fenêtres ont

154

été trouvées fermées, et nous savons que nul n'est sorti des dortoirs pour refermer ces fenêtres après la fuite de l'assassin.

— Ah! ah! grommela le préfet.

— Excusez-moi, dit M. Sorgues, mais cela me paraît assez simple! L'homme s'est sauvé par l'escalier!

— Lequel? fit vivement M. Raymon. L'escalier principal ou celui du fond?

— L'escalier principal, évidemment! L'homme n'a pas pu utiliser celui du fond. Il lui aurait fallu pour cela traverser le dortoir des grands. Il aurait été vu.

— D'accord, opina M. Raymon. J'irai plus loin: même si l'homme avait pu gagner cet escalier, il aurait infailliblement été remarqué, en parvenant au palier du deuxième étage, par MM. Grabbe, Touttin, Mazaud et deux anciens élèves qui se trouvaient déjà, à ce moment-là, tous briquets allumés, près du compteur d'électricité, c'est-à-dire à un pas de cet escalier. Ils ont déclaré n'avoir vu descendre personne. À moins de les suspecter tous de mensonge...

— Passons, dit le préfet. Reste, en somme, l'escalier principal...

M. Raymon secoua le front.

— L'assassin n'a pas pu utiliser l'escalier principal! Avant qu'il ait eu le temps matériel de descendre l'étage, j'étais déjà arrivé, moi, sur le palier du second, où sont venus presque aussitôt me rejoindre MM. Mirambeau, Smet et deux anciens élèves. La distance séparant ma chambre de ce palier est bien moindre que celle séparant le palier du troisième du palier du second. J'ajoute que ma lampe électrique m'a permis de constater qu'il n'y avait personne :

« a) dans la portion d'escalier du deuxième au troisième ;

« b) ni dans les couloirs du deuxième ;

« c) non plus que dans les portions d'escalier du deuxième au premier et du premier au rez-de-chaussée.

COROLLAIRE
« L'assassin n'a pas pu descendre du troisième. »

« Or, aucune des personnes se trouvant au troisième après la chute de Lemmel n'a pu commettre le crime !

CONCLUSION
« Il semble prouvé qu'il n'y a pas eu crime,
mais accident ou suicide. Accident, plus probablement. »

– Vous adoptez la théorie du commissaire, au bout du compte…

– C'est-à-dire, monsieur le préfet… Une coïncidence me choque… Le court-circuit !

– Eh bien ? Le court-circuit a été la cause de l'accident !

– Sans doute… sans doute… Pourtant, je ne puis m'empêcher de me demander… si, en dépit de toute vraisemblance, il y avait eu crime, cependant ? Et si le court-circuit avait été le moyen du crime ?

Le préfet ouvrit les bras.

– Que voulez-vous que je vous dise ? Raisonnable-
ment...

Il se pencha encore sur le plan du troisième étage et,
brusquement, se gratta une joue.

– Les galeries du premier et du deuxième sont-elles
disposées de même manière que celles du troisième ?

– Nullement. Des classes occupent un emplacement
correspondant à celui des dortoirs.

– Cocasse !

– Que voulez-vous dire ? fit M. Sorgues en se pen-
chant à son tour sur le plan.

– Oh ! rien, cher monsieur... Rien de sérieux ! Une
simple remarque ! Je constatais tout bonnement que la
disposition des galeries du troisième est identique à
celle du rez-de-chaussée. Croix grecque en haut, croix
grecque en bas...

– En somme, conclut M. Quadremare, le pauvre
Lemmel est tombé de croix grecque en croix grecque !...

Le marchand
de poudre d'escampette

André Baume lisait une lettre :

« ... Je suis petit, mais j'ai quinze ans. Je sais garder un secret ; je vous l'ai prouvé lors de l'affaire des bougies, cigarettes, etc. Qu'est-ce que je me suis fait passer par le père Planet, et puis chez moi, ensuite ! Mais ça ne compte pas. Si tu voulais... »

La pluie dansait sur les fenêtres, soutenant de son crépitement le bavardage des enfants dans la salle de jeux. Des élèves appuyaient leur visage aux vitres, contemplaient, qui les cours de récréation désertes, qui le parc où l'on voyait parfois s'élancer dans une allée un garçon des cuisines ou de l'infirmerie, un torchon ou un tablier sur la tête.

En raison du mauvais temps, ce dimanche-là, la promenade avait été supprimée.

Certains collégiens lisaient des récits d'aventures, d'autres jouaient aux dames, aux dominos, d'autres, groupés selon leurs affinités, bavardaient à mots couverts.

— Ils n'ont toujours pas découvert ce qui s'est passé dans la classe de sciences, l'autre nuit ?

— Paraît que le corps de M. Lemmel a été transporté à l'hôpital.

— Moi, à mon avis…

— Vingt-deux !

MM. Mirambeau et Benassis faisaient les cent pas. À leur approche, on détournait la conversation.

— Pendant les vacances, moi, je compte aller…

— Pour les examens, je parie que…

MM. Mirambeau et Benassis agissaient de même.

— Voyez-vous, mon cher ami, la question de politique extérieure… disait M. Benassis.

Puis dès que les enfants ne pouvaient plus entendre :

— Vous croyez qu'ils vont faire l'autopsie ? questionnait M. Mirambeau.

Le billet que lisait André Baume avait été subrepticement déposé dans son pupitre par un camarade à l'issue de la séance d'instruction physique.

« … Je vois bien que, depuis le départ de tes amis Sorgues et Macroy, tu n'es plus comme avant. Je comprends très bien que tu ne sois plus comme avant. Mais, si tu voulais, on pourrait constituer une bande d'aventuriers. Tu serais le chef, je serais ton premier lieutenant. On en choisirait deux ou trois autres, comme soldats. Par exemple, Nercerot, de la quatrième, avec Vaudry, qui est dans ta classe, ou, encore, Desaint. On aurait des statuts, des règlements. N'oublie pas que je suis externe :

je puis être très utile dans une association, à cause de tout ce que je peux amener de la ville. Et tu sais aussi que je ne suis pas capon et que, quand j'ai juré, j'ai juré… »

Le message était signé René Joly. André Baume le déchira en menus morceaux.

Une bande d'aventuriers !… Joly tombait mal ! Les bandes d'aventuriers, Baume sortait d'en prendre… La dispersion des Chiche-Capon avait pour ainsi dire marqué, pour le numéro 7, la fin d'une enfance que l'internat, peut-être, avait prolongée outre mesure.

Au surplus, Baume était sur la piste d'une aventure réelle autrement périlleuse et excitante que les exploits imaginaires rêvés par lui jusqu'à présent : le mystère de la croix grecque.

Le collégien avait reconstitué sur un nouveau carnet son rapport sur les disparitions insolites de Sorgues et Macroy, et la mort de M. Lemmel était venue renforcer ses soupçons.

Baume ne croyait pas à l'accident mais au crime.

M. Raymon, cet après-midi, quitta deux ou trois fois sa chambre pour monter au troisième. Sur le palier et dans les galeries, il méditait. Lui aussi était obsédé par la pensée du crime.

« C'est absurde ! Les escaliers étaient gardés. Fuite impossible ! Donc… »

Il avait beau se répéter cela, un instinct ne continuait pas moins à le pousser à remonter au palier du troisième, à arpenter les galeries.

Près de la fenêtre donnant sur les cours de récréation, une gouttière courait le long de la muraille. M. Raymon avait éprouvé cette gouttière : elle était solidement fixée ; il n'était pas nécessaire d'être grand gymnaste pour franchir par ce chemin les dix mètres séparant la fenêtre du sol.

Mais la fenêtre avait été trouvée fermée de l'intérieur…

La cloche sonna pour l'étude libre. Puis elle sonna pour le dîner.

Lecture de l'*Histoire du Consulat et de l'Empire*… Assiettes de salade mise à « cuire » dans les tiroirs.

Puis la cloche sonna pour le dortoir.

« C'est du douze demain matin au jus ! »

Le lendemain soir, peu après cinq heures, André Baume, en étude, apporta à se montrer dissipé une ostentation et une obstination étranges.

M. Mirambeau prit d'abord patience. Au bout d'un quart d'heure, il lui fallut cependant ordonner :

– Baume, cessez ces bruits avec votre couteau. Et cessez aussi d'agiter ce plumier !

Quelques secondes plus tard, Baume laissa tomber un compas, une gomme, feignit de les chercher sous des tables, provoqua du désordre, de l'hilarité.

Enfin, M. Mirambeau vint à lui et murmura :

– Baume… Vous en avez assez de la pension, n'est-ce pas ? Vous ne voulez même plus patienter jusqu'aux vacances ? Sachant que, pour vous, une mise à la porte de l'étude aurait le renvoi immédiat pour conséquence, vous cherchez à vous faire mettre à la porte…

Il fit deux ou trois pas, puis revint. Sa voix baissa jusqu'à devenir presque imperceptible.

– André Baume, je vous demande de ne pas me contraindre à vous mettre à la porte. Si vous tenez absolument à quitter Saint-Agil, il existe d'autres procédés – plus loyaux…

Le numéro 7 fut touché.

Il n'avait pas osé avouer la vérité au surveillant. Ce n'était nullement dans le but de se faire renvoyer de la pension, bien qu'il acceptât de courir ce risque, qu'il avait cherché à être mis à la porte.

Il voulait se faire mettre à la porte *parce qu'il allait être bientôt cinq heures et demie.*

Depuis l'aube, André Baume n'avait pu penser qu'à la croix grecque, au mystère de la croix grecque, et un plan s'était ébauché dans sa cervelle.

Réaliser, lui, troisième des Chiche-Capon, les conditions qui avaient précédé, pour Sorgues d'abord, puis pour Macroy, le déclenchement de l'aventure, et *voir s'il se passerait quelque chose.*

En somme : devenir une sorte d'appât volontaire, quitte à s'en mordre cruellement les doigts par la suite. Ce mode d'investigation était, certes, puéril. Maintes fois, au cours de l'année scolaire, des élèves avaient été mis à la porte de l'étude par M. Mirambeau vers cinq heures et demie, sans qu'il en résultât rien de pire que le traditionnel « savon » de M. Planet.

Mais ils n'étaient pas des Chiche-Capon, eux. Et puis, quoi de mieux à tenter ?

Naturellement, il existait un moyen simple de quitter l'étude : lever le bras et faire claquer deux doigts, façon usuelle de demander la permission de se rendre aux cabinets.

Mais ce moyen ne plaisait guère au numéro 7 parce qu'il ne respectait pas ce qu'il avait appelé, dans son rapport, « la loi des similitudes ». Sorgues et Macroy avaient été mis à la porte. Peut-être ce processus avait-il son importance ? En tout cas, l'expérience ne pouvait être concluante qu'à ce prix.

Néanmoins, Baume hésitait. Il avait de l'affection pour l'Œuf et savait que l'Œuf le lui rendait. Il répugnait à lui causer de la peine. « Je vous demande de ne pas me contraindre à vous mettre à la porte... »

Sous-entendu : « Moi... moi, votre ami... »

Le collégien se tint tranquille quelques minutes. Il suivait avec impatience l'avance de l'aiguille des minutes sur le cadran de l'horloge.

Tout à coup, une idée plus étrange que toutes celles qui lui étaient venues jusqu'alors le frappa. « Je vous demande de ne pas me *contraindre* à vous mettre à la porte... » Est-ce que cette phrase ne pouvait pas signifier, dans la bouche de Mirambeau, plutôt que le souci d'éviter à Baume le renvoi de la pension, le désir de ne pas lancer dans l'*aventure* l'élève qu'il aimait ?

Mais alors, Mirambeau serait pour quelque chose dans l'affaire ? Il existait une bande et l'Œuf en faisait partie ? Baume repoussa cette folle hypothèse.

Elle revint. Mirambeau n'avait-il pas ajouté : « Si

vous tenez absolument à quitter Saint-Agil, il existe d'autres procédés… »

Pourquoi tenait-il tant à ce que Baume n'usât pas de *celui-là* ?

Lentement, le soupçon faisait son chemin dans l'esprit de l'élève.

À la fin, Baume décida qu'il en aurait le cœur net.

Il jeta à terre deux énormes dictionnaires, fit sauter de l'encre sur le cahier de son voisin et, parce que celui-ci récriminait, il lui chercha querelle.

– Baume, passez à la porte, ordonna M. Mirambeau avec résignation.

Le numéro 7 se trouva sur la croix grecque, comme l'horloge sonnait la demie après cinq heures.

À mi-chemin entre la porte de l'étude et l'intersection des deux galeries, il attendit.

Un garçon sortit du réfectoire. Baume, en dépit de ses efforts, ne put reconnaître dans son expression ni son allure quoi que ce fût d'équivoque. Si c'était lui, le marchand de poudre d'escampette, il cachait bien son jeu !

Au croisement des galeries, le garçon tourna à droite ; il se rendait à l'infirmerie sans doute, ou à la lingerie, ou chez le portier… Aucun intérêt !

Puis M. Boisse passa, rapide comme à son accoutumée. Baume s'était vivement tapi dans un angle. M. Boisse ne le vit pas et s'éloigna vers les cours de récréation.

Le garçon qui était sorti du réfectoire revint.

Après cela, la porte donnant sur le parc s'ouvrit, quelqu'un s'engagea dans le grand escalier, s'arrêta au premier devant la porte du directeur, frappa et, n'obtenant pas de réponse, redescendit. Baume l'entendit aller et venir au pied de l'escalier. Enfin, le personnage s'avança. Le numéro 7 reconnut M. Touttin, le professeur d'anglais.

Que venait-il faire ici ? Il avait l'air très agité. Il frappa à la porte de M. Planet. Baume surprit ce dialogue.

— Savez-vous où se trouve M. le directeur ?

— Non, ma foi ! Il n'est pas chez lui ?

— Il n'y est pas. J'aurais pourtant tenu à…

— Mais que se passe-t-il ? Vous me semblez…

— Il se passe que certains individus se livrent en ville depuis hier à des manigances que j'estime intolérables !

— Enfin, cher monsieur Touttin, précisez ! Je vous suis mal ! Quels individus ?

— Que sais-je ? Des espions !

M. Planet eut un haut-le-corps.

— Des espions ?

— Je veux dire : des gens qui espionnent. On m'épie, on épie ma mère, on questionne mon concierge, ma blanchisseuse, sur mes antécédents, ma moralité ! En quel pays vivons-nous ? J'en arrive à me demander si je suis le premier à lire mon courrier ? Notez que je ne suis pas seul à avoir à me plaindre. Mazaud, Cazenave, Darmion, tous les professeurs font l'objet d'une surveillance sournoise. Je serais désireux de savoir si M. Boisse est informé de cet état de choses.

– Des policiers, peut-être ? suggéra M. Planet.

– Des policiers ? Songerait-on à imputer à l'un d'entre nous la mort de Lemmel, à présent ? En ce qui me concerne, permettez-moi de vous dire, monsieur Planet, que moi, moi qui ai fait des conférences à Oxford en présence de…

– Eh oui ! Eh oui ! cher monsieur Touttin ! Je sais ! Qui penserait à vous suspecter ?

– Ces manœuvres louches me révoltent. Que l'on sonne carrément à ma porte et que l'on m'interroge tant que l'on voudra ! Je n'ai rien à cacher !

Il se retira, bouleversé. Lui non plus n'aperçut pas l'élève aux aguets près de la salle d'étude.

André Baume était dans la même situation d'esprit, à peu près, que cette fille soumise à laquelle la police londonienne, une nuit du début de ce siècle, avait donné mission d'errer aux abords de Holborn Square. Attentive aux bruits ouatés par le *fog*, grelottante de terreur, le cœur battant fort chaque fois que son ouïe décelait un pas masculin, ce n'était rien de moins que Jack l'Éventreur qu'attendait cette fille, appât offert au sadique criminel par les *policemen* embusqués sous les porches voisins. Jack l'Éventreur dont, à la fois, elle souhaitait, à cause de la récompense promise, et redoutait, à cause du péril, de voir surgir du brouillard la silhouette, et dont elle se figurait par avance entendre la voix mielleuse susurrer : « Bonsoir, ma toute belle ! On n'a donc pas peur, seule dans le noir ? », cependant que déjà, dans la poche de veste, les doigts de l'homme immonde se crispaient sur le manche du couteau.

André Baume épiait les pas ; il attendait la venue de cet individu mystérieux, de cet extravagant marchand de poudre d'escampette dont il imaginait qu'un regard, un geste, un mot avaient suffi à précipiter dans une fuite panique Mathieu Sorgues, puis Philippe Macroy.

À cet adolescent de seize ans, chaque pas semblait être le « pas de Jack », chaque voix la « voix de Jack ».

Et rien ! Rien…

André Baume se rappela que, « selon la loi des similitudes », l'événement ne se produisait qu'après le passage chez M. Planet. Tel avait été, à deux reprises, l'itinéraire du voyage de la salle d'étude à l'inconnu.

Il frappa à la porte du préfet de discipline.

— Monsieur, j'ai été mis à la porte de l'étude.

Cette fois, c'était le renvoi à coup sûr…

— Vous ? Vous, André Baume ?

— Oui, monsieur.

— Vous me décevez, Baume ! Vous me décevez profondément ! Onze jours seulement vous séparaient des vacances. Vous aviez une occasion de vous racheter, en une certaine mesure, par une conduite exemplaire. Et voilà que… Ah ! ce n'est pas bien, mon petit, ce n'est pas bien !

M. Planet prit un bulletin et nota, au crayon : « Cinq heures cinquante », puis il tendit le papier au numéro 7.

— Voici votre *redeat*. Rentrez en étude. Je veux vous donner une dernière chance. Je verrai M. Mirambeau ce soir. M. le directeur ne sera pas mis au courant. Vous savez ce qui se passerait sinon, n'est-ce pas ?… Je ne vous dirai donc qu'un mot : dans onze jours, vous ne ferez plus partie de Saint-Agil ; ayez au moins, ne fût-ce que par amour-propre, la dignité d'en sortir honorablement.

Sur le seuil, le numéro 7, lèvres frémissantes, se tint hésitant quelques secondes.

Après M. Mirambeau, M. Planet... Baume éprouvait de l'humiliation. Il eût préféré les plus vertes semonces à cette sorte de conspiration d'indulgence, à ces reproches désolés. Mais parler, révéler son secret, n'était pas possible.

– Vous pouvez aller, dit M. Planet.

André Baume referma la porte et revint prendre sa faction dans la galerie. Ses yeux demeuraient tournés vers le carré blanc dessiné par l'intersection des deux allées. Là était le lieu géométrique du mystère.

C'était là que, par deux fois, avait soufflé ce vent d'angoisse qui avait balayé Sorgues, puis Macroy – Baume en était sûr.

Est-ce que le vent ne soufflerait pas une troisième fois, et le numéro 7 devrait-il, penaud, revenir s'asseoir à son pupitre, ouvrir ses manuels, ses cahiers, étudier les guerres de Napoléon, le mouvement romantique, la sphère, le cylindre, la pyramide ? Eh ! que lui importaient sphères, cylindres et pyramides, au regard de ce carré de deux mètres cinquante de côté, qui posait pour lui un problème, des x et des inconnues bien plus passionnants que tous les théorèmes d'algèbre et de géométrie ? Que lui importait le mouvement romantique au regard de ce que pouvaient offrir de romantique les faits qui s'étaient déroulés sur cette croix grecque ? Que pouvaient peser les guerres napoléoniennes au regard de la bataille sans échos qui avait dû, le 12 juin, puis le 7 juillet, se livrer au centre de la croix grecque ?

Soudainement, un dépit envahit André Baume, chèvre de M. Seguin dont le loup n'eût pas voulu. Il avait agi stupidement. Rien ne se passerait ; rien, jamais, ne s'était passé ici. Toutes ses déductions étaient fausses. Il n'y avait pas de mystère de la croix grecque.

Comme il allait enfin rentrer en étude, l'élève perçut un grincement. Cela venait de l'économat. M. Donadieu parut, s'approcha :

– Tiens, le petit 7 ! Dites-moi, mon petit 7, puisque je vous trouve ici, rendez-moi un service. Je ne vous retarderai pas plus d'un instant.

André Baume tressaillit sous l'empire d'une secousse nerveuse.

Un service ?... Un instant ?... Est-ce que...

Non ! C'était idiot !

Il pénétra dans l'économat. M. Donadieu ferma la porte.

– C'est le diable... commença l'économe.

Le diable ?...

– Vous voyez cette peau ? C'est du mouton, mon petit 7. Une reliure magnifique pour mon Cervantès. Je dois couvrir cela de colle forte, d'abord. Le diable est que cela se recroqueville, et un accident est si vite arrivé !...

M. Donadieu émit un rire sec.

– Vous comprenez, mon petit 7, que je ne puis piquer ce cuir avec des punaises : ce serait l'abîmer. Alors, si vous voulez être assez gentil pour me le tenir aux coins... L'affaire d'un instant...

Baume posa ses doigts de côté et d'autre de la peau de mouton ; M. Donadieu brassait, avec un morceau de bois, de la colle de poisson dans une casserole au-dessus d'une lampe à alcool.

– Cela ne sent pas fameusement bon, n'est-ce pas ?

Baume pressait sur le morceau de cuir, le tendait. Mais il ne quittait pas du regard le vieil économe dont la respiration, dans l'excitation du travail délicat à exécuter, s'encombrait et dont le polype sifflait.

– Surtout, mon petit 7, ne bougez pas vos mains tandis que j'étale la colle.

Se pouvait-il que ce vieillard si inoffensif d'allures... André Baume serra les dents ; M. Donadieu coiffa sa lampe d'un éteignoir, apporta la casserole puante, prit un pinceau large.

– Attention, mon petit 7.

...

– Eh bien ? Je vous remercie, mon petit 7. Je vous remercie ! Vous pouvez aller...

André Baume se tenait sur le seuil ; il fixait M. Donadieu dont les doigts agiles menaient une danse légère sur un linge sous lequel reposait à plat la peau de mouton appliquée sur une feuille de papier lie-de-vin.

– Vous pouvez aller... Sauvez-vous vite...

Alors quoi ? C'était tout ? Cette colle forte étalée sur ce rectangle de cuir, et puis : « Sauvez-vous vite... » C'était tout, vraiment ?

M. Donadieu s'essuyait les doigts à un mouchoir. Il s'avança vers l'élève. Son visage exprimait de la perplexité.

– Est-ce que vous ne vous sentiriez pas bien, mon petit 7 ? Je vous trouve pâle…

Dix minutes plus tard, par la rue de la Coulommière, les quais de la Marne, la rue du Faubourg-Cornillon, et la route nationale n° 36, André Baume, comme Sorgues était parti vers l'ouest et Macroy vers l'est, s'éloignait précipitamment dans la direction de Coulommiers, Melun, vers le sud.

Il était sorti de la pension par le porche, en remettant au portier le *redeat* signé de M. Planet et qui avait été, d'un trait de crayon, transformé en *exeat*.

Dans la rue Croix-Saint-Loup, deux ou trois fois, sans ralentir le pas, il s'était retourné et avait jeté en arrière un regard troublé où se mêlaient des sentiments complexes : regret, angoisse, exaltation – puis, comme chassé en avant par une force qui brisait toute résistance, le collégien avait augmenté, hâtivement, la distance le séparant de la haute maison grise au cœur de laquelle s'allongeaient, pâles dans la pénombre, les quatre branches égales de la croix.

Vers quelle aventure, porteur de quel secret, le numéro 7 s'en allait-il ainsi, tête nue, dans sa rêche blouse noire d'écolier lustrée aux manches et serrée à la taille par un ceinturon à boucle de cuivre ?

L'homme
qui ne dormait jamais

Le soir même de la disparition d'André Baume, le directeur, le préfet de discipline, l'économe conféraient, totalement affolés.

– Trois disparitions, une mort tragique, des policiers qui rôdent en ville : c'est la ruine de mon établissement, disait M. Boisse. L'effet est désastreux, la pension ne s'en relèvera pas. À la rentrée, si nous avons quarante élèves, nous pourrons nous estimer heureux ! Et que va-t-il encore se produire d'ici les vacances ?

– Mais rien, monsieur le directeur, rien, sûrement !

– Qu'en savez-vous ? En dix jours, au train où vont les choses, qui peut dire quels événements... Je me demande si nous ne ferions pas mieux de clore tout de suite l'année scolaire.

– C'est impossible, monsieur le directeur ! Songez... Nous n'entrons en période d'examens que demain après-midi, et les élèves de rhétorique et de philosophie ne passeront que mercredi l'oral du baccalauréat à Paris !

– Je le sais ! Je le sais fichtre bien ! Croyez-vous que je l'aie oublié ? glapit M. Boisse, exaspéré. Mais, nous pourrions supprimer les examens et faire une moyenne avec les notes de l'année. Quant au baccalauréat, les élèves s'y rendraient de chez eux ! Cela se fait bien dans les institutions où les vacances commencent le 13 juillet !

– Évidemment ! Mais la tradition, à Saint-Agil…

Dans la loge du portier où s'étaient réunis quelques garçons de la cuisine et de l'infirmerie, il n'était question que des récents événements. Les mots de crime, d'enlèvement, de séquestration étaient chuchotés.

– Enfin, objectait le chef cuisinier, sceptique, ça ne tient pas debout ! Lemmel a fait un vol plané depuis le troisième parce qu'il tenait une cuite monumentale ! Un point c'est tout ! Quant aux gamins, vous n'allez pas me dire qu'on les a pris par la main pour les emmener de force ! À preuve : Baume et l'*exeat*. Ils en avaient plein le dos, de la boîte ; ils ont filé ! Qu'est-ce que c'est que ces radotages ?

– Radotages ?

Le portier, un petit homme à la figure « de travers », à l'aspect rogue et qui fumait une longue pipe d'un air déterminé, lança ses doigts vers le visage du chef.

– Hé là ! Tu veux me crever les yeux ?

Le portier avait pris une expression inspirée. Sa figure était plus de travers que jamais. Ses doigts voltigeaient devant la face du chef ahuri.

Après quelques instants de ce manège :

– Vous y êtes ? fit-il.

– Pas du tout !

Le portier baissa la voix et, dans le silence, prononça :

– Hypnotisme ! Quelqu'un doit hypnotiser les gamins ! Mon bras à couper qu'il y a du « Dormez, je le veux ! » là-dessous ! Peut-être que Lemmel aussi était hypnotisé ! Un coup que vous êtes hypnotisé, vous faites n'importe quoi qu'on vous a commandé, malgré que vous ayez l'apparence d'agir par vous-même. On vous dit : « À telle heure, tu te jetteras par la croisée ! » À l'heure en question, vous vous jetez. On vous dit : « À telle heure, tu prendras tes cliques et tes claques et tu fileras droit devant toi ! » Vous prenez vos cliques et vos claques et vous décampez. Pas de rouspétance possible !

Une sensation d'inquiétude oppressante envahit chacun.

– Dites donc, fit une femme. L'envoûtement, vous avez déjà entendu parler de ça ?

– C'est du pareil au même, grogna le portier. Hypnotisme, envoûtement : c'est kif-kif.

Dans les dortoirs, dix élèves au plus, sur soixante, étaient endormis. On chuchotait, de couchette à couchette.

MM. Boisse, Planet et Donadieu se séparèrent après une conférence assez incohérente, de laquelle ne pouvait sortir aucune autre décision que celle-ci : patienter et redoubler de vigilance.

Un moment plus tard, la porte de l'étude s'ouvrit silencieusement. Une forme se mouvait dans les ténèbres.

Elle pénétra dans la salle, glissa entre les rangées des pupitres, puis se retira comme elle était venue et se mit à monter les étages. Au second, elle s'immobilisa.

Sur le palier se trouvait la chambre de M. Mirambeau, non loin de celle de M. Raymon. Le jour, le surveillant s'y retirait pour travailler ou lire ; la nuit, il dormait dans son alcôve du dortoir des grands.

Le personnage silencieux qui rôdait se glissa prestement dans cette pièce, dont la porte n'était jamais fermée à clé. Après quelques minutes, il en ressortit et, veillant à ne pas faire craquer les marches, monta au troisième étage.

M. Raymon, ayant achevé de prendre des notes, alluma un dernier cigare avant de se dévêtir.

Des bruits légers arrivaient de la chambre de M. Benassis : le surveillant olivâtre découpait des articles de journaux.

M. Mirambeau, dans son alcôve, ronflait comme un ogre.

M. Donadieu, dans sa chambre, ne ronflait pas, mais son polype sifflait : signe qu'il dormait.

M. Boisse dormait aussi, sans bruit, avec juste le filet de respiration indispensable à la conservation de la vie : son organisme ne se permettait aucune dépense inutile, aucune fantaisie.

M. Planet, l'homme qui ne dormait jamais, poursuivait le long des galeries et à travers les salles une ronde interminable.

Le lendemain, dès l'ouverture du bureau de poste, le moniteur appela téléphoniquement Paris.

– Allô... Raymon ?

– Raymon, oui.

– Alors ?

– Extrêmement intéressant !

Et il raccrocha.

M. Raymon, outre ses fonctions de moniteur, occupait maintenant le poste de surveillant de cour, en remplacement de M. Lemmel, décédé.

À chaque récréation, il ne pouvait se défendre de venir se placer sous la fenêtre qui ouvrait sur une des deux galeries du troisième étage et près de laquelle était fixée une gouttière. M. Raymon, à la dérobée, secouait cette gouttière. Elle tenait solidement. L'assassin de Lemmel – dans l'hypothèse du meurtre – avait pu descendre du troisième par là. Mais on avait trouvé la fenêtre fermée de l'intérieur... C'était toujours le même irritant problème...

Vers dix heures, un couple se présenta au bureau de M. Boisse. L'homme était en blouse bleue, la femme portait un parapluie à poignée sculptée figurant une tête de canard. Tous deux avaient même façon de garder les bras arrondis de telle sorte que, bien qu'ils ne fussent chargés d'aucun colis, ils donnaient l'impression de toujours porter des paniers, des cabas invisibles. C'étaient des fermiers à leur aise, gros éleveurs de gorets.

Ils venaient retirer de la pension leur enfant, le petit Mercier, qui, en fait d'élevage, ne pratiquait encore que celui, plus sentimental, des hannetons.

– Mais, chère madame et cher monsieur, les examens commencent seulement cet après-midi... Dans l'intérêt de votre enfant...

– Oh, bah! Pour une année sans examens, le petit n'en mourra pas!

– Cependant... Afin de préparer son accession à la classe de cinquième, l'an prochain...

– Bah! Il y entrera tout de même!

– Sans doute! Pourtant, je m'étonne... Nous touchons aux vacances. Dans dix jours...

– Bon, bon! On donne un petit coup de pouce au calendrier, voilà tout! Nous sommes venus pour emmener le petit, monsieur le directeur.

Sous la bonhomie paysanne, une rudesse se faisait jour.

Par la fenêtre, le regard aigu de la mère plongeait dans la cour où les collégiens se poursuivaient et criaient.

– Où est-il? fit-elle.

– En récréation, avec ses camarades.

– Je ne le vois pas, s'étonna-t-elle. C'est bizarre...

– Mais, madame...

– Écoutez, monsieur le directeur, trancha le père, biaiser n'a jamais été de mon goût. Nous avons appris qu'il se passait ici des choses... enfin, n'est-ce pas, je ne veux rien dire de trop, mais... des choses pas plaisantes. Les élèves se sauvent et ne donnent plus de nouvelles ; les surveillants vomissent dans les escaliers, tombent du troisième et se tuent ; il paraît qu'il se tient des séances de boxe avec des squelettes, la nuit. Tout ça n'est pas convenable. Alors, avec ma femme, on a décidé qu'on reprenait le petit. Si vous voulez bien le faire venir de suite et me donner la note de ce qu'il y a à payer...

– Parfaitement... dit M. Boisse, extrêmement sec.

Lorsque l'élève Mercier parut, rose et bourré de santé, la mère le considéra avidement, comme s'il eût, par miracle, échappé à quelque péril obscur, mais redoutable, et songea : « Dieu merci, il ne lui est rien arrivé ! », tandis que le père, rassuré, se disait : « J'ai peut-être été un peu vite ! Avec leurs idées, ces sacrées femmes vous font faire des sottises ! Le gosse aurait très bien pu passer ses examens. Et il aurait été placé dans les premiers, j'en suis sûr... »

Mais ce qui était dit était dit ; il ne pouvait être question de faire machine arrière ; M. Boisse, froissé, s'y fût opposé.

Mercier partit.

Demeuré seul, le directeur convoqua M. Planet.

– Je vous ai dit : « Si nous avons quarante élèves à la rentrée, nous pourrons nous estimer heureux... » Eh bien, nous n'en aurons même pas quarante. La réputation de Saint-Agil est ruinée !

La rue Croix-Saint-Loup commençait à devenir un lieu de promenade pour les citadins ; de petits groupes stationnaient au pied de la longue muraille grise derrière laquelle il s'était passé quelque chose.

On vit un homme noir et maigre, en melon, sonner à la porte de la pension.

— Drôle de corps ! Qu'est-ce que c'est que ce type ?

— Un policier, tiens ! Pas besoin de le regarder deux fois pour être fixé !

C'était M. Quadremare, le bienfaiteur de Macroy et de Baume.

— Monsieur Quadremare, je suis navré, profondément navré... dit M. Boisse.

L'homme au melon était dans un état de vive nervosité. De la pointe de ses chaussures, il battait le parquet à coups précipités.

— Navré ? Il n'y a vraiment pas de quoi, monsieur le directeur ! Personnellement, j'inclinerais plutôt à des pensées guillerettes. En deux semaines, mes deux protégés escamotés, volatilisés, lancés dans l'inconnu. Destination : Chicago – vraisemblablement ! Chicago – hé ? Ils nous enverront des cartes postales, sans doute ! Très drôle !

Il se frottait les mains. La bonne éducation parvenait encore à contenir son indignation, ou, plus exactement, lui imposait ce cours sarcastique, mais on sentait qu'une très fragile barrière le séparait seule de la violence.

— J'ai informé de cette aventure mon excellent ami le préfet de police. Nous avons beaucoup ri... beaucoup ri...

« Cette fois, c'est la fin ! songea M. Boisse. Il ne me reste plus qu'à fermer les portes de l'institution ! »

– Je comprends votre anxiété, monsieur Quadre-mare. Croyez que je la partage. Je ne parviens pas à m'expliquer ce coup de tête.

– Bah ! fit M. Quadremare. À quoi bon chercher à expliquer ? Il faut se garder de déflorer les énigmes !

Toujours ce ricanement, ce persiflage.

M. Boisse cherchait vainement à retrouver en M. Quadremare l'homme digne, à l'expression grave, aux paroles mesurées, aux attitudes compassées, à l'al-lure de clergyman, qu'il avait connu jusqu'à présent.

– À propos, lâcha soudain le bienfaiteur après un silence durant lequel le directeur de Saint-Agil put se livrer à loisir aux réflexions les plus saumâtres, je dési-rerais emporter la carte.

– La carte ?

– La carte postale de Chicago expédiée par le petit Sorgues. Verriez-vous un inconvénient à me confier ce document ?

– Aucun, cher monsieur.

– J'en ai parlé à un de mes amis, expert graphologue et chimiste distingué. J'ai promis de la lui montrer, pour l'égayer... pour l'égayer, n'est-ce pas...

– Mais... très volontiers.

Le coffret des Chiche-Capon se trouvait à l'écono-mat, enfermé dans le placard des registres de compta-bilité.

M. Donadieu l'apporta.

On y chercha la carte : on ne la trouva pas.

– Elle y était, cependant !

– J'en suis certain, dit M. Donadieu. Je l'avais posée sur le cahier du roman *Martin, squelette*, je m'en souviens fort bien. M. Planet était avec moi.

Questionné, le préfet de discipline confirma le fait.

Depuis, aucun d'entre eux n'avait touché au coffret, affirmèrent-ils.

Cependant, la carte postale avait disparu.

– De mieux en mieux ! jeta M. Quadremare. Après les élèves, voilà le document, le seul document que nous possédions, escamoté ! Admirable ! Ne cherchez pas davantage, je vous en prie, messieurs. Je présume que cette carte postale aura repris, d'elle-même, son vol pour Chicago, avec le sûr instinct d'orientation des... pigeons voyageurs et des cartes postales ! Chicago... J'ai le regret de ne pas connaître cette ville... Ce doit être une bien attrayante cité... bien attrayante...

Il pivota :

– Monsieur le directeur, messieurs, j'ai l'honneur de vous saluer.

Il enfila ses gants, mit son chapeau et sortit, laissant les trois hommes désespérés.

Les élèves étaient en récréation, sous la surveillance de M. Raymon.

En passant derrière la porte à claire-voie qui faisait communiquer les cours avec le parc, M. Quadremare adressa un signe discret au moniteur, qui s'approcha. Tous deux se dissimulèrent derrière un massif.

– Je venais chercher la carte postale de Chicago afin de la soumettre à l'expertise, souffla l'homme au melon. J'apprends qu'elle a disparu.

– Rien de surprenant. C'est moi qui l'ai subtilisée !

– Oh, parfait !

– Son examen ne m'a d'ailleurs rien révélé. Je l'ai conservée néanmoins. Voulez-vous que je fasse un saut jusqu'à ma chambre ?

– Je vous en prie.

Cinq minutes plus tard, M. Raymon redescendait.

– Formidable ! Je ne la retrouve plus ! Cependant, je l'ai encore étudiée il y a moins d'une heure ! Quelqu'un s'est introduit chez moi et l'a prise…

Deux heures plus tard, la première chose que trouva M. Raymon dans son tiroir, ce fut la carte de Chicago.

Il médita, puis, avec un haussement d'épaules, glissa la carte sous enveloppe et l'expédia, avec un mot explicatif, à M. Quadremare.

Dans la soirée, le commissaire de police vint informer M. Boisse qu'un facteur déclarait avoir remarqué, le 20 juillet, une demi-heure environ après sa disparition de la pension, André Baume s'éloignant d'un bon pas sur la route de Coulommiers. Le collégien gesticulait et parlait seul.

∽

Les examens étaient commencés.

Les professeurs les poussaient avec activité. Les résultats étaient d'ailleurs déplorables. Les élèves bafouillaient, commettaient erreur sur erreur. Les récents événements avaient mis à l'envers toutes ces jeunes cervelles. Cela était si sensible, et tellement excusable, que les maîtres, eux-mêmes préoccupés, faisaient montre d'une extrême indulgence.

En classe d'histoire, on se permettait d'effarants mariages de rois et de reines, on grimpait allégrement aux arbres généalogiques, on y dénichait sans hésitation d'extravagants dauphins à peu près aussi vraisemblables que des oiseaux des îles qui nicheraient dans nos peupliers des Charentes ou nos châtaigniers de l'Auvergne.

En classe de géographie, on enlevait, comme ses tripes à un porc encore vif, leurs fleuves aux nations ; on ravissait l'Elbe à l'Allemagne pour la donner à l'Espagne qui s'en trouvait fort embarrassée, ayant déjà l'Ebre ; on privait Lisbonne du Tage pour en enrichir Rome, qui ne savait plus où mettre son Tibre.

En classe de maths, quelles salades de racines carrées et cubiques !

En sciences naturelles, sous l'œil de Martin, squelette, on coupait leurs ailes aux hyménoptères pour en doter les araignées, qui n'en avaient jamais eu et s'étaient cependant fort bien débrouillées jusqu'alors ; en revanche, on arrachait à ces dernières deux pattes pour les greffer aux scolopendres qui ne savaient qu'en faire, en possédant déjà mille !

En classe d'anglais, chez M. Touttin, c'était pire.

M. Touttin était une sorte de poussah à bajoues qui possédait l'anglais presque mieux que feu Shakespeare. Jadis, à Oxford, il avait fait, au pied levé, des conférences très applaudies – mais il ne savait pas enseigner. Il se livrait à des gloses subtiles alors que ses élèves ne savaient pas traduire correctement des phrases telles que : « *The hat of my mother is blue. Our dog has eaten my sister's cake.* »

Dans sa classe, on se livrait à mille singeries ; on « exorcisait » le brave homme au moyen d'un fil de fer en crochet, monté sur une bobine et enrichi à son extrémité d'un bouton de culotte.

– P'tit… P'tit… P'tit… Je vais être obligé de vous punir !

On s'amusait à compter les P'tit… P'tit… Une vraie pagaille !

Dans l'après-midi, M. Raymon se trouvait au troisième étage, près de la fenêtre donnant sur la cour, lorsque M. Donadieu survint.

– Amusantes, ces fenêtres avec leurs moulures, n'est-ce pas ? fit l'économe qui s'offrait un moment de délassement entre deux opérations de comptabilité.

– Amusantes, oui.

– Elles ne sont ici que depuis trois mois. Elles proviennent de la démolition du château de Vareddes. Un jour que je rendais visite au commissaire-priseur, je les ai vues dans la salle des ventes. J'ai constaté qu'elles avaient les mêmes dimensions que les nôtres, – lesquelles ne tenaient plus. J'en ai fait l'acquisition… Une acquisition, conclut en riant l'économe, qui n'a guère grevé le budget de Saint-Agil, je vous le garantis !

M. Donadieu parti, M. Raymon ouvrit la fenêtre.

Sur la face extérieure, à la hauteur de la poignée placée à l'intérieur, il remarqua un orifice carré. Cette fenêtre, ainsi que toutes celles du troisième étage, étaient des portes-fenêtres destinées à comporter un bouton double, comme on en voit aux portes des magasins. Naturellement, on n'avait conservé de poignée qu'à l'intérieur.

— Sombre idiot que je suis ! maugréa M. Raymon. Rien de plus aisé, pour un individu accroché à la gouttière, que de refermer cette fenêtre *de l'extérieur*, à l'aide d'une tige carrée !

Donc, fuite possible…

Donc, crime possible…

Mais alors…

Il fila chez lui dans l'intention d'y développer les conclusions impliquées par cette découverte. Il n'en eut pas le temps. La cloche annonça l'entrée en récréation : M. Raymon dut se rendre dans la cour, prendre sa surveillance.

Une heure plus tard, M. Mirambeau pénétrait dans sa chambre du second étage. Il éprouva une surprise. Dans un coin, sous une chaise, il aperçut un paquet mince enveloppé de papier bleu.

Étonné, il le posa sur la table et se disposait à l'ouvrir afin d'en inventorier le contenu.

Il n'en eut pas le loisir. La cloche sonnait : M. Mirambeau dut descendre en salle d'étude prendre sa surveillance.

Lorsque, quelques instants après huit heures, il remonta à sa chambre, le paquet n'était plus là. Le surveillant se retira en proie à une telle perplexité qu'il préféra ne souffler mot de l'incident à quiconque.

Et, de nouveau, ce fut la lecture de l'*Histoire du Consulat et de l'Empire* ; ce fut, dans les galeries et les escaliers, le bruit de ressac produit par les écoliers en marche, ce fut l'heure de dormir.

« C'est du dix demain matin au jus ! »

Dix, dont trois de promenade, et le dernier, le 31 juillet, qui ne comptait pas, autant dire.

Du six au jus demain matin, quoi !...

Cette nuit-là, si M. Raymon n'avait eu le tort d'être endormi sur le coup de trois heures, et que l'envie lui fût venue d'une excursion dans les couloirs, il eût surpris un individu se livrant à des fantaisies acrobatiques.

Ce personnage enjamba le rebord de la fenêtre du troisième étage qui donnait sur les cours de récréation. Cramponné à la gouttière, il referma la fenêtre au moyen d'une tige métallique carrée, puis se mit en devoir de descendre le long de la gouttière.

Mais M. Raymon dormait.

Il s'était endormi tôt parce qu'il avait en vue une expédition qui nécessitait un lever extrêmement matinal.

En effet, dès quatre heures et demie, c'est-à-dire une heure avant que ne retentît le grincement de la crécelle, le moniteur quitta sa chambre et se dirigea vers celle de M. Benassis. Il était muni de tout ce qu'il faut pour crocheter une serrure, mais, contrairement à son attente, il trouva la porte fermée seulement au loquet.

Il entra.

Tout de suite, une odeur caractéristique le frappa : chloroforme ! Des tiroirs étaient ouverts, des papiers traînaient.

M. Benassis, à demi vêtu, était affalé, sans conscience, dans un fauteuil.

« Fichtre ! songea le moniteur, j'arrive bon second ! On m'a coupé l'herbe sous le pied ! »

Il se livra néanmoins à l'inspection qu'il projetait, fouillant les tiroirs, compulsant les dossiers, scrutant l'intérieur des vases placés sur la cheminée, retournant les cadres accrochés aux murs, bouleversant le lit, soulevant le matelas, sondant le sommier. Il ne se gênait pas : Benassis mettrait tout ce désordre sur le compte de l'individu qui l'avait chloroformé.

Il ne découvrit rien de suspect.

Alors il s'occupa de rappeler à lui le surveillant endormi.

Après un réveil particulièrement nauséeux, M. Benassis retrouva ses esprits. Son regard erra autour de la pièce en désordre, puis s'arrêta soupçonneusement sur M. Raymon.

– Que faites-vous ici ?

– Je passais, votre porte était ouverte, je vous ai aperçu, j'ai fait de mon mieux pour vous ranimer.

Benassis eut un sourire mauvais et se dressa.

– Où allez-vous, Benassis ?

– Informer M. le directeur. J'irai ensuite déposer une plainte au commissariat de police.

Le surveillant était en proie à une fureur telle qu'il

cherchait partout dans la pièce son gilet, son veston, ses chaussures, oubliant que ses effets étaient restés au dortoir, dans son alcôve.

— Non ! fit paisiblement M. Raymon.

— Quoi ?

— Je dis : non, vous ne ferez pas cela.

L'autre sursauta.

— Je ne le ferai pas ? Vous avez un certain toupet ! Violation de domicile, agression nocturne, vol peut-être… Cela ne vous paraît pas suffisant ? Ah ! je ne le ferai pas ! Eh bien, je vous garantis que ça ne va pas se passer comme ça !

M. Raymon ne vit qu'un moyen de persuader Benassis de renoncer à ses intentions :

— Écoutez-moi d'abord. Vous agirez ensuite comme bon vous semblera.

Il révéla son identité et l'objet de sa présence à Saint-Agil. Il joua franc-jeu. Si Benassis était innocent, il valait mieux ainsi ; et s'il avait trempé dans l'affaire, peut-être la peur l'amènerait-elle à prendre des précautions qui le trahiraient. Aussi bien, quel meilleur parti ?

— Voilà ! conclut le moniteur. Vous en savez à présent autant que moi. Voulez-vous m'aider ?

— Vous aider ?

— Marcher avec moi. Vous y êtes intéressé, en somme : on vous chloroforme, on met votre chambre sens dessus dessous… Peut-être, en me disant ce que vous savez, me permettriez-vous d'éclaircir certains points ?

— Mais je ne sais rien !

– Il arrive que l'on sache sans savoir que l'on sait. Laissez-moi vous questionner.

– Je vous écoute.

– D'abord, les événements de cette nuit ?

– D'une simplicité angélique. J'ai commencé par très mal dormir. Je me suis éveillé vers deux heures et demie. J'ai eu ensuite des idées noires.

– Lesquelles ?

– Toujours les mêmes. La guerre…

– Passons.

– Je décide de me lever et de venir ici. Avant même que j'aie eu le temps de tourner le commutateur, je me sens saisi, renversé en arrière, un tampon de chloroforme est appliqué sur mes lèvres et mes narines : je perds conscience. C'est tout !

– Aucune idée de l'identité de votre agresseur, d'après la taille, la voix et ainsi de suite ?

– Il n'y avait pas de lumière : je ne l'ai donc pas vu ; et il n'a pas dit un mot.

– Un gaillard plutôt fort, physiquement, en tout cas !

– Oh, vous savez… je ne suis pas très solide, et allez donc résister lorsque vous êtes saisi par-derrière !

– Juste. Dites-moi, maintenant. L'homme a procédé à une perquisition en règle. En soupçonnez-vous le motif ?

– Nullement.

– Tant pis ! Parlons un peu de Lemmel. Qu'avait-il contre vous ?

– Je l'ignore. Je ne suis jamais parvenu à m'expliquer son animosité.

– Elle avait pourtant une cause. Quand a-t-elle commencé, savez-vous ?

– Dans la nuit du 9 au 10 juillet, à une heure du matin, très exactement.

– Eh bien ! Voilà ce que j'appellerai une précision ! s'exclama M. Raymon. Racontez-moi la chose.

Le surveillant lui dit l'incident qui s'était déroulé durant la nuit où il avait surpris André Baume dans la classe de sciences et où Lemmel était survenu. Il rappela la phrase bizarre : « Je sais ce que je voulais savoir : je suis fixé, maintenant. »

Il cita également cette autre phrase que Lemmel lui avait soufflée à l'oreille, le soir de la réunion des anciens élèves… « Quant à l'affaire de la classe de sciences, nous nous reverrons. »

– Cela, je puis vous l'expliquer, dit M. Raymon. C'était une allusion au pugilat à la suite duquel l'ami Martin fut relevé avec un thorax défoncé. Au cours de cette affaire, Lemmel, dans les ténèbres, a reçu un coup de poing au creux de l'estomac. Il était persuadé que vous étiez son antagoniste.

– Mais ce n'était pas moi !

– Je le sais. C'était moi !

– Vous ? Par exemple ! Quoi qu'il en soit, cela ne m'aide pas à saisir ce qu'il y a au fond de cette histoire ! La classe de sciences, le fait que je m'y suis trouvé une nuit… En quoi cela pouvait-il inquiéter Lemmel ? Qu'a-t-elle de particulier, cette classe de sciences ? Vous l'avez découvert ?

– Pas encore ! Mais voyons autre chose. Ces mots

qui revenaient sans cesse sur les lèvres de Lemmel : « La surveillance ne laisse rien à désirer, à Saint-Agil. *Je le sais !* », avez-vous une opinion sur ce qu'ils peuvent signifier ?

– Pas la moindre ! Et vous ?

– J'en suis réduit aux hypothèses. Je suppose que Lemmel se trouvait embarqué, bon gré mal gré, dans une aventure assez louche et qu'on ne lui faisait que médiocrement confiance. On pouvait, par exemple, redouter qu'il ne lui échappât, sous l'influence de la boisson, des propos… regrettables. On le surveillait de près, et le pauvre bougre ne devait pas l'ignorer. Rappelez-vous : il ne se rendait jamais en ville ! Est-il absurde d'imaginer qu'il n'en avait pas le droit, que cela lui était formellement interdit ? À table, il ne buvait rien. Mais chez lui il se gorgeait de rhum !

– Voyons ! Tout cela est insensé. S'il était surveillé, il devait savoir par qui, et que je n'étais pas ce surveillant ! Pourquoi me mêler à cette…

– Tout le problème est là… Savait-il qui le surveillait ? Pas obligatoirement. Admettons qu'il l'ignorait et représentons-nous l'état d'esprit d'un homme dans cette situation… La crainte, la nervosité, la suspicion perpétuelle à l'endroit de tous ceux qui l'entourent.

La stupeur rendait muet M. Benassis.

– Mais moi-même, mon cher, moi-même, il a dû me soupçonner, me prendre pour un espion de renfort ! Le jour de mon arrivée, il m'a demandé : « Êtes-vous un moniteur de gymnastique ou un surveillant ? »

« À la fin, l'exaspération l'a emporté sur la crainte. Lors de la réunion des anciens élèves, il s'est enivré avec ostentation, puisant sans doute du courage dans l'alcool. Vous avez observé comme moi, certainement, qu'il y avait comme du défi dans sa façon de se verser de pleins verres de vin ! Il était à bout de nerfs…

Un bruit aigre traversa le silence.

– La crécelle !

– Vite ! fit le moniteur. Regagnez votre dortoir, Bennassis. Et – nous sommes bien d'accord ? – pas un mot des événements de cette nuit, jusqu'à nouvel ordre…

– Vous avez ma parole.

Rentré chez lui, M. Raymon se mit à remuer des hypothèses.

Lemmel, embarqué dans une affaire louche, était surveillé. Parce que bavard. Bavard parce que ivrogne. On l'avait tué pour l'empêcher de prononcer devant Benassis des paroles dangereuses. Jusque-là, parfait. Mais qui avait chloroformé Benassis ? Le meurtrier de Lemmel ? Quel pouvait être l'objet de ses recherches chez le surveillant ? Le soupçonnait-on d'avoir pris note de paroles imprudentes de Lemmel ? Oui, même, d'avoir dérobé à Lemmel un document ? Maintenant, que fallait-il penser de Benassis ? Avait-il été réellement chloroformé, ou jouait-il un double jeu et l'aventure n'était-elle qu'une mise en scène ?

La pensée de M. Raymon se reporta sur la carte postale de Chicago que l'on avait récemment dérobée, puis rapportée dans sa chambre. Cet épisode indiquait que la personnalité réelle du « moniteur » et l'objet de sa présence à Saint-Agil avaient été devinés. Par qui ? Par l'assassin ? En ce cas, cela donnait à penser que l'affaire des enfants était liée à l'affaire de Lemmel.

M. Raymon revint au problème central : la disparition de l'assassin. Dans l'hypothèse d'une fuite par la fenêtre du troisième qui ouvrait sur les cours de récréation, il convenait d'observer qu'un homme – et un seul – se trouvait dans les cours après le crime : Planet.

Mais Planet, sorti de la salle de jeux par la porte du fond, n'avait pu monter au troisième que par l'escalier du fond. Il lui aurait donc fallu traverser le dortoir des grands sans être vu. Impossible !

Au-dessus de son front le moniteur entendait un roulement continu. Dans les vestiaires, les élèves vaquaient à leurs ablutions.

M. Raymon se rappela soudain qu'à cette heure les rondes de M. Planet étaient particulièrement actives. Surveiller la toilette des collégiens, questionner les malades, réels ou tire-au-flanc, petit coup d'œil, aussi, sur la « bande à l'huile de foie de morue » se rendant à l'infirmerie, visite au dortoir des grands où les élèves de rhétorique et de philosophie disposaient d'un quart d'heure supplémentaire pour se raser… Bref, cent allées et venues.

À l'exception du temps des repas, du voyage à la cathédrale pour la messe de dix heures, le dimanche, et des promenades, c'était le moment de la journée où l'on était le plus assuré que le préfet de discipline ne se tenait pas dans son bureau.

M. Raymon ne balança guère. Moins de cinq minutes plus tard, il pénétrait discrètement chez M. Planet et se livrait à un examen express de ce qui s'y trouvait. Cette visite hâtive ne lui révéla rien d'intéressant. Tout au plus fut-il intrigué par un volumineux dossier enfermé dans une armoire et qui contenait toutes sortes de relevés de plans cotés des localités environnantes, avec indications de lieux-dits, chemins, sentiers, éminences et dépressions de terrain, des cartes d'état-major annotées et abondamment marquées de croix et de ronds, des relevés du cadastre, des plans cotés de Meaux, des photographies de bâtiments, de granges.

M. Raymon allait se retirer lorsqu'il vit tourner le bouton de la porte. Il se jeta derrière l'angle de l'armoire.

M. Planet entra. Il s'assit à son bureau, parcourut quelques papiers, puis se dirigea dans un angle de la pièce vers un objet haut et rectangulaire que recouvrait une étoffe sombre, tombant jusqu'au sol. M. Raymon avait pensé qu'il s'agissait d'une malle de vastes dimensions. En réalité, l'étoffe dissimulait un lit pliant.

M. Planet ouvrit ce lit et ôta son veston. Puis il tira une tenture qui transforma en alcôve cette partie de la pièce.

Ensuite, il y eut un gémissement de ressorts.

M. Planet, l'homme auquel une affection de la moelle épinière interdisait la position allongée, l'homme qui avait la « colonne vertébrale en tire-bouchon », comme disaient les élèves, venait de se mettre au lit !

Peu après, sa respiration se fit un peu plus forte qu'à l'ordinaire. Elle montait, très régulière.

Ébahi, M. Raymon quitta la pièce sur la pointe des pieds.

« L'homme qui ne dormait jamais » était endormi !

La tache pourpre

M. Mirambeau, qui venait de conduire les enfants en salle d'étude, vit sortir le moniteur du bureau du préfet de discipline.

Il s'étonna.

– Il est chez lui à cette heure-ci ? Cela tombe bien : j'ai besoin de savoir qui il a choisi pour escorter à Paris les candidats au bachot.

– M. Planet n'est pas chez lui, fit vivement M. Raymon. J'ai seulement déposé quelques paperasses sur sa table.

– Ah ! bien… Aussi, je me disais…

M. Donadieu parut sur le seuil de l'économat.

– Quoi de neuf, mes bons amis ?

– Rien, ma foi ! fit M. Mirambeau. Je cherche M. Planet.

– Il est à l'infirmerie, sans doute, répondit l'économe. Ou dans les dortoirs… Il y a tellement à inspecter, ici…

M. Mirambeau croisait et décroisait ses grosses mains.

– Oh ! pour ce qui est de la nourriture, à Saint-Agil, lâcha-t-il brusquement, elle ne laisse rien à désirer, comme disait ce pauvre Lemmel !

– La nourriture ?

– Heu !… Excusez-moi. J'ai voulu dire : la surveillance…

M. Raymon tressaillit et regarda M. Mirambeau, qui considérait l'économe.

– Que voulez-vous ! fit ce dernier, écartant les bras, quand on a la charge d'une jeunesse aussi turbulente…

Dans la journée, il ne se produisit qu'un incident, d'ailleurs négligeable. Vers dix heures du matin, lorsque le concierge apporta, en paquet, les copies des élèves, corrigées la veille au soir par les professeurs à leur domicile et remises au début de la matinée dans la loge, on s'aperçut qu'une dizaine d'entre elles manquaient.

La femme du portier les retrouva peu après midi. Elles avaient glissé du casier où on les plaçait d'habitude et étaient tombées dans un calendrier à poche des Galeries modernes meldoises, un gros magasin de confection, modes, chapellerie, tenu rue Saint-Rémy par M. Nercerot, le père de ce collégien qui ne rêvait que courses cyclistes, Tour de France, etc.

Dans la soirée, les aspirants au baccalauréat revinrent de Paris, l'oreille basse, sous la conduite de M. Benassis.

Huit élèves sur neuf étaient recalés. Pour comble,

celui qui avait été reçu était un cancre sur le succès duquel on ne comptait absolument pas. Ses condisciples baissaient à peine la voix pour dire qu'il avait été admis par protection, l'examinateur lui soufflant les réponses, fermant les oreilles à chaque bourde qu'il disait, faisant presque, à sa place, les problèmes au tableau, etc., « parce que son père était un gros bonnet qui avait le bras long ».

Ils oubliaient de reconnaître qu'eux-mêmes s'étaient montrés lamentables. L'obsession causée par les bizarres événements survenus à la pension entrait pour une bonne part dans ces trous de mémoire et ces défaillances.

Après le coucher des élèves, le moniteur de gymnastique monta à la chambre de M. Benassis et eut avec le surveillant une longue conversation à voix basse. Il lui révéla sa visite clandestine chez M. Planet, parla du lit pliant et des cartes d'état-major.

L'expression de M. Benassis se fit brusquement très grave.

— Vous allez peut-être penser que je deviens fou… chuchota-t-il.

Visage très rapproché du visage de M. Raymon, il prononça, dans un souffle, un mot qui fit hausser les sourcils au moniteur.

— Espionnage.

Encore un moment, la conversation se poursuivit. Soudain, les deux hommes se turent. M. Raymon posa un doigt sur ses lèvres. Il sortit de sa poche une lampe électrique, glissa avec lenteur vers la porte, l'ouvrit brutalement, et s'élança.

Une exclamation de surprise lui échappa.

Le palier, les deux galeries, les escaliers étaient vides.

– Pourtant, vous avez bien entendu, comme moi, une sorte de glissement sur le parquet ?

– Parfaitement !

M. Benassis désigna l'entrée des deux dortoirs.

– Dans les vestiaires ? suggéra-t-il.

Les vestiaires étaient vides.

– Les dortoirs ?

– Je ne pense pas. D'ailleurs, nous ne pouvons songer à les visiter à cette heure-ci. Que le diable l'emporte ! C'est un vrai fantôme que cet individu !

Sous les yeux du surveillant qui ne comprenait rien à ce manège, M. Raymon marcha vers la fenêtre donnant sur les cours de récréation : elle était fermée. Il l'ouvrit. Le faisceau de sa lampe courut le long de la gouttière, jusqu'au caniveau.

À cet instant, du rez-de-chaussée, arriva un bruit de porte doucement refermée.

M. Raymon, plantant là M. Benassis, se précipita dans les escaliers aussi vite que le permettait le souci de ne pas faire de bruit. Il parvint dans le hall à point pour voir M. Donadieu pénétrer dans l'économat.

– Eh bien, monsieur Donadieu, vous travaillez encore sur vos registres, à cette heure-ci !

– Je travaille sans travailler, répliqua doucement l'économe. Je fais un peu de reliure. Après une grande journée d'additions et de soustractions, c'est une détente !

— Évidemment !

— Mais vous-même, mon bon ami ?

— Impossible de m'endormir…

— Cela ne m'étonne pas. Je viens de faire un tour dans la cour, il n'y a pas un souffle d'air. Tout est mort.

— C'est vrai. On suffoque.

— Le temps change. Mais l'orage est encore loin.

L'économe hocha la tête, plaça quelques livres sous son aisselle et ferma la porte à clé.

— Il faut tout de même tâcher de prendre un peu de repos. Je vous souhaite le bonsoir, monsieur Raymon.

Il se dirigea vers l'escalier ; son polype sifflait, par intermittence.

Le lendemain, la chaleur augmenta. Une chaleur pesante, oppressant le poumon. Le ciel était plombé, semblait se rapprocher de la terre, s'affaisser. Pas de nuages encore, mais l'œil guettait leur apparition sur l'horizon.

On était au jeudi.

— Vous conduirez les enfants en promenade, monsieur Raymon, dit M. Boisse. Vous pourriez passer par le canal. Une baignade leur ferait du bien.

Sur les talons des élèves, M. Planet sortit pour épier, sans être vu, la tenue de la troupe.

Le long des rues tortueuses de la ville et sur les placettes coites où l'on voyait passer des sœurs de Saint-Vincent-de-Paul, la colonne sinuait.

Dans les jardins de l'ancien évêché, MM. Darmion, Grabbe, Mazaud, Cazenave déambulaient, en parlant politique, sous les ombrages où l'Aigle de Meaux, jadis, méditait ses oraisons funèbres ou s'entretenait avec son ami le Grand Condé.

Rue Croix-Saint-Loup, M. Donadieu ne levait pas le nez de dessus ses registres. Plus que huit jours, et l'année scolaire serait terminée. Il fallait que tous les comptes fussent bouclés. L'économe avait demandé à M. Mirambeau de l'aider à collationner et vérifier.

En salle d'étude, ils étaient une dizaine de consignés de toutes classes. En guise de pensum, M. Benassis leur dictait un texte choisi, à dessein, si banal qu'il faisait bâiller le surveillant lui-même.

INSTITUTIONS POLITIQUES DE L'ANCIEN RÉGIME. LE GOUVERNEMENT. – *Le gouvernement de la France était la monarchie absolue, c'est-à-dire le gouvernement sous lequel le roi possède sans partage la plénitude du pouvoir suprême. Le roi gouvernait avec l'assistance…*

Les élèves devaient ainsi aligner des mots jusqu'au retour de leurs camarades.

Pourtant, vers trois heures, M. Boisse, interrompant son travail de révision des bulletins de l'année, pénétra dans la salle. Il paraissait las. Il écouta quelques minutes le débit monotone de M. Benassis, puis, avec un imperceptible haussement d'épaules :

– Je lève la sanction, dit-il au surveillant. Envoyez les enfants jouer en cour.

Cloche… crécelle… cloche…

Les élèves des petites classes, pour se donner le plaisir de marquer quatre fois par jour, au lieu d'une seulement, la fuite du temps, s'étaient composé, pour la fin du trimestre, des calendriers où les journées étaient divisées en quatre tranches : on rayait la première à dix heures, la deuxième à midi, la troisième à quatre heures, la quatrième à huit heures. Ainsi, l'on grignotait les journées, on éprouvait l'impression qu'elles passaient plus vite. Et puis « cela occupait ».

On chahutait un peu : c'était à présent sans grande importance.

En récréation, on fabriquait des aéroplanes en papier, des lassos, des bolas. On posait en équilibre sur l'ongle du pouce de la main gauche des boomerangs miniatures découpés dans du carton, puis, d'une pichenette, on les envoyait « dinguer ». Quelle joie, lorsque cela « revenait »… Évidemment, si l'on avait pu en tailler des vrais, dans du bois, ç'aurait été plus amusant. Mais c'était interdit. Les grandes personnes sont épatantes : elles ont toujours la frousse qu'on crève un œil à un copain, qu'on lui ouvre une joue ! Comme si on ne savait pas viser !

Un bruit courut :

– Paraît qu'on va avoir, demain, une conférence d'un type, sur le… sur quoi, déjà ?

– Un hivernage à la Terre François-Joseph, du côté du pôle Sud.

– Drôle d'idée ! Qu'est-ce qu'il a été fabriquer là-bas, ce bonhomme ?

– Des explorations, tiens, puisqu'il est explorateur…

Ce soir-là, M. Raymon fit une découverte affolante.

Il s'était rendu dans la classe de sciences pour essayer une fois de plus d'élucider le mystère dont il soupçonnait qu'elle avait dû, à un moment ou à un autre, être le théâtre.

Examinant le placard vitré où était enfermé Martin, il aperçut, au fond, une large tache rouge qui s'étalait sous les pieds du squelette : comme si Martin eût saigné ! Elle s'étendait jusqu'au mur.

Il se courba.

– Qui diable est venu répandre de l'encre ici ?

En examinant mieux la configuration de la tache, le moniteur eut l'impression que la flaque ne s'était pas étalée du placard vers la muraille, mais était partie de la muraille pour s'élargir à l'intérieur du placard.

– Alors quoi ? Les murs suent de l'encre, ici, à présent ?

M. Raymon comprit vite. Identique en apparence à tous ceux qui garnissaient la classe, ce placard en différait en ce sens qu'il n'avait pas de fond ni de plancher. Le socle du squelette reposait directement sur le parquet de la salle. Derrière le squelette, ce que le moniteur avait jusqu'alors pris pour le mur, c'était une porte, peinte dans le même ton verdâtre que la muraille.

Il l'ouvrit aisément et, avec le sentiment qu'il venait de faire une découverte d'importance, il pénétra dans un réduit sans fenêtre garni d'une longue table rectangulaire et d'étagères supportant un matériel à dessin : compas, équerres, règles plates graduées, fioles d'encre de couleurs diverses, des réactifs, une forte loupe, ainsi qu'un matériel photographique, châssis, cuvettes, accessoires, pour la retouche, et un agrandisseur.

Derrière la porte dérobée, le moniteur distingua sur le parquet une tache rosâtre, très pâle.

Un personnage était venu là récemment, avait renversé, au cours, sans doute d'un petit déménagement discret mais précipité, une fiole d'encre rouge. Il avait épongé l'encre de ce côté de la porte. Mais si grande était sa hâte qu'il s'était retiré sans s'apercevoir que le liquide déjà avait filé sous la porte et envahi le placard de Martin.

Le moniteur monta chez M. Benassis.

— Eh bien, ça y est, cette fois ! lança celui-ci dès l'abord.

— Qu'est-ce qui y est ?

— La guerre, parbleu !

— La guerre ? Où avez-vous lu cela ?

— Heu... enfin... nulle part ! Ça n'y est pas encore, mais c'est tout comme... Simple question de jours !

M. Raymon sourit et acquiesça. Contredire M. Benassis sur ce chapitre eût été perdre son temps.

— Vous m'avez fait peur, se contenta-t-il de dire. Parlons sérieusement.

Le lendemain matin, un personnage abondamment chevelu fit son apparition à Saint-Agil. Il était jovial et demandait impérieusement à autrui de l'être aussi. Il semblait mettre un point d'honneur à tirer de chacun, bon gré mal gré, un sourire.

– Souriez !… Souriez !… Et soyez naturels !… Regardez dans cette direction… C'est cela… Parfait ! Attention, messieurs ! Attention, messieurs !… Ne bougeons plus ! Ne-bou-geons-plus !… Je compte jusqu'à trois. Attention, messieurs… un… deux… trois… Merci, messieurs !

C'était le photographe. Il « prenait » les collégiens en grand uniforme, par groupes.

– Vous serez heureux de retrouver cela plus tard, dans un album.

Souvenirs… souvenirs…

Première fournée de souvenirs. Deuxième fournée… Toutes les classes y passaient…

Visages pensifs, touchés, déjà, par les rides, visages ouverts, nets et lisses, visages réticents, visages insignifiants que l'on eût dit morts et sur lesquels on ne saurait plus même, dans quelques années, mettre cette étiquette : un nom ; et d'autres, au contraire, qui sembleraient, sur le papier bromure, vivre encore, « dans très longtemps », et vous parler, vous dire : « Tu te souviens ?… » ; petites faces rondes ou allongées, carrées, rayonnantes de santé ou bien maladives, tristes et douces…

Les copains…

Au déjeuner arriva, pour le café, l'explorateur qui revenait du pôle Sud. Un certain M. Pointis.

Vers trois heures, on se réunit dans la salle d'étude pour entendre sa conférence.

– Aurores boréales ou australes, je ne vous apprendrai pas, mes chers petits amis, ce que l'on entend par ces termes. Vous avez tous entendu parler de ces illuminations des couches atmosphériques supérieures, vous en avez lu des descriptions dans vos manuels et l'explication que nous en donne la science.

« Mais nous avons fermé les manuels. Je suis venu ici dans le but, non de vous ennuyer, mais de vous distraire. Je me propose, si vous le voulez bien, de vous conter quelques anecdotes.

M. Pointis toussota. C'était un homme âgé, d'aspect fragile, que semblaient menacer en permanence le catarrhe et la bronchite. Au moindre coup d'air, à la plus tendre brume, on était tenté de lui faire des recommandations : « N'oubliez pas votre foulard… Boutonnez votre pardessus… » Cependant, M. Pointis revenait des terres polaires. Il avait visité la Terre François-Joseph, la Terre Louis-Philippe, la Terre Victoria, la Terre de Wilkes, la Terre d'Enderby, la Terre d'Alexandre Ier, bien au-delà du cap Horn. Le long du cercle polaire antarctique, il avait, par 80° de latitude, cheminé deux années autour du pôle.

– Précisons tout de suite un point. Ce serait une erreur d'imaginer, comme je me le figurais du temps que j'étais en sixième B, qu'il fait plus chaud au pôle Sud qu'au pôle Nord.

Il y eut des rires.

M. Pointis avait conservé toutes ses dents, ou presque, mais elles étaient d'un joli jaune : quand il parlait, on eût dit qu'il avait un épi de maïs bien mûr dans la bouche.

– J'ai pu, comme je me trouvais dans la Terre Victoria, m'assurer par expérience personnelle que le pôle Sud, vers lequel je tendais mes pauvres mains gelées, n'a, en dépit de son nom, rien de commun avec... comment dirais-je... avec un poêle confortablement bourré et rougeoyant.

Il y eut de nouveaux éclats de rire. M. Pointis, réjoui du succès de sa plaisanterie, passait sa langue rose entre ses dents de maïs. Il était tout à fait chouette, ce petit vieux, décidément !

Il se dirigea vers un appareil installé sur une table.

Un drap avait été tendu sur la muraille, au-dessus de la chaire. Des tentures installées devant les fenêtres furent tirées. Dans l'obscurité, on entendit M. Pointis manipuler des plaques, des châssis.

– Nous allons faire un peu de lanterne magique. Quelques vues, que j'ai rapportées de ces terres déshéritées, vous en diront davantage que tous les discours...

« Vous voyez ici le mont Terreur. Nous touchons là aux extrêmes confins du monde exploré. Au-delà, s'étendent les immenses régions inconnues. *Terra inco-*

gnita comme s'exprime notre bonne vieille langue latine.

« Au-dessus de ces contrées désertiques resplendit cette constellation merveilleuse, formée de quatre étoiles principales, que le Florentin Andrea Corsali a nommée : *Croce maravigliosa*, dont a parlé Dante dans son *Purgatoire*, et que nous appelons la Croix du Sud. Elle se présente sous l'aspect d'une croix grecque verticale…

L'orage continuait de monter.

De longues bandes noires avaient envahi le ciel. Mais l'air demeurait immobile, comme mercuriel. On attendait, on souhaitait l'explosion de ces bombes, qui n'en finissaient pas de mûrir, de cette foudre qui n'en finissait pas de s'aiguiser ; la chaleur croissait, se faisait étouffante, et c'était curieux, à la fois, et rafraîchissant d'entendre, dans l'ombre tiède, la voix de M. Pointis évoquer des étendues glacées, des banquises plus hautes que des paquebots, des neiges éternelles…

– Je vais, maintenant, mes chers petits amis, vous présenter le mont Erebus.

Vers cinq heures, la conférence terminée, les collégiens avaient la cervelle bourrée de fjords, d'icebergs, de baleines, d'ours.

« Cercle antarctique, navigation circumpolaire, pôle magnétique, aiguille aimantée », ces expressions faisaient image, suscitaient dans leurs esprits d'immenses fantômes blancs.

Le résultat ne se fit pas attendre.

Une heure plus tard, quatre élèves de sixième, montés à leur dortoir sous un prétexte quelconque, tenaient, dans le vestiaire, un conciliabule.

– Voilà. Je propose ceci. À la rentrée, on fonde une bande. On établira des règlements de fer. Il y aura un serment à jurer, et des sanctions impitoyables pour les traîtres. Faudra songer, chacun de notre côté, à établir un brouillon d'organisation, pendant les vacances. Je me charge de fabriquer un code, pour notre correspondance secrète. Règle numéro un : le silence. Secret absolu.

– Bon. Mais… le nom ? Comment qu'on va s'intituler ?

– Tiens !… C'est tout trouvé : les Compagnons de l'Antarctique !

– J'aimerais mieux : les Compagnons de la Croix du Sud !

– Ça ne veut rien dire. Mais écoute, on fondera un insigne : l'Ordre des Chevaliers de la Croix du Sud. Ça colle ?

– Ça colle.

– Ça n'est pas le tout !… Il faudra qu'on ait des repaires, un peu partout dans le monde, hein ?

– Bien sûr !

– Alors, dites… Notre repaire principal, si on l'installait sur le mont Terreur, dans la Terre Victoria ?

– Adopté !

– Maintenant, pour l'argent ?

– L'argent ?

– Dame ! Faut un trésor, pour la bande.

– Ballot ! On s'en montera un ! On fabriquera des billets, avec des carrés de papier… Bleu : mille francs. Rouge : cinq cents. Vert : cent. Blanc : cinquante. C'est pas dur !

– Adopté !

– C'est bien joli, tout ça, fit un esprit critique. Mais… le but de l'association ?

– Ah ! mon vieux, t'en demandes trop. On ne peut pas tout trouver d'un coup ! C'est déjà pas mal, hein ? Et puis, on a deux mois pour y songer. Vous en faites pas, les gars, on va bien rigoler.

– Zut !… V'là Planet !

Les Compagnons de l'Antarctique, prestes comme des rats, se défilèrent.

M. Pointis assista au dîner, auquel étaient conviés, en son honneur, la plupart des professeurs.

Le temps était si sombre que l'on dut allumer l'électricité.

Vers le milieu du repas, une grande lanière de feu fouetta le ciel, suivie d'un bruit de déchirure gigantesque.

Un soupir de soulagement s'échappa de toutes les poitrines. L'orage, enfin !

La pluie, d'un bloc, s'était mise à tomber à torrents ; il semblait que, du dehors, on jetât de pleins seaux d'eau contre les vitres.

Comme on servait le dessert, un incident suscita un grand brouhaha. Ensemble, toutes les lumières s'éteignirent.

– Allons, messieurs, un peu de silence ! cria M. Benassis, tourné vers les élèves ravis de cette occasion de chahuter.

Des cuisines, on apporta des lampes.

– Une panne à l'usine, sans doute, fit M. Pointis. Rien de surprenant, avec une atmosphère saturée à ce point d'électricité.

Cela n'avait rien de surprenant, en effet. Néanmoins, professeurs et surveillants ne pouvaient se défendre d'échanger des coups d'œil furtifs. Car ils se rappelaient certain dîner où, comme ce soir, toutes les lumières s'étaient éteintes ensemble, non pas à la suite d'une panne de l'usine, mais d'un court-circuit. Et tous gardaient la mémoire du cri qui avait suivi – le cri terrible de Lemmel.

Un garçon parut au seuil du réfectoire.

– Monsieur le directeur, déclara-t-il, cela ne vient pas de l'usine. J'arrive de jeter un coup d'œil au compteur : tous les plombs ont sauté. C'est un court-circuit.

– Eh bien, il vaut mieux ainsi, dit gaiement M. Pointis. La réparation sera plus tôt faite.

N'obtenant pas de réponse, il considéra ses voisins de table et fut interloqué de leur voir le même visage tendu, la même expression anxieuse.

Ils écoutaient… Dans le silence profond qui s'était établi, tous prêtaient l'oreille, comme attendant quelque chose…

Mais non. Aucun cri ne pouvait plus sonner sous les voûtes grises de la vieille pension.

M. Mirambeau tendit la main vers une bouteille : la cuiller de M. Donadieu attaquant une marmelade de pommes heurta le bord de l'assiette.

Et ce fut à ce moment, alors que chacun reprenait les attitudes et les gestes naturels, que l'événement se produisit.

Une musique.

Un son de piano, lent et grave.

Cela venait des étages supérieurs – de la classe de sciences, sans aucun doute, puisque là se trouvait le seul piano qu'il y eût à la pension.

Tous demeuraient figés, raidis, glacés.

– Mais voyons… dit M. Pointis, que l'incident amusait plutôt et qui ne pouvait rien soupçonner des sentiments de ceux qui l'entouraient.

La phrase musicale se développait, majestueuse de gravité et de lenteur.

– Ce motif… c'est la *Marche funèbre* de Chopin ! Oh, voilà qui est cocasse !

Dans la classe de sciences, on ne trouva personne.

Ou, plutôt, si : Martin.

Le squelette était assis au piano, ses mains reposaient sur les touches.

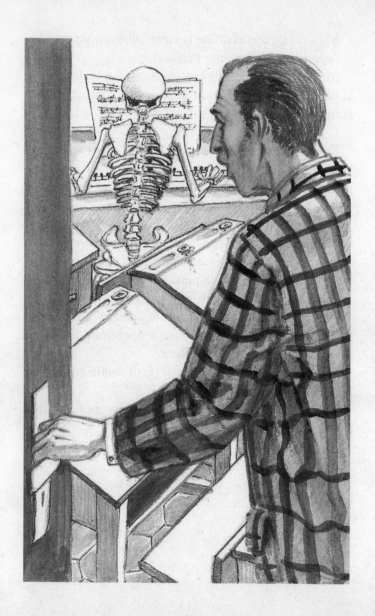

Lorsque M. Pointis, encore ébaudi de l'incident, eut pris congé, MM. Boisse, Planet, Donadieu, Mirambeau, Benassis, Raymon et divers professeurs s'attardèrent quelques instants dans le hall du rez-de-chaussée.

La pluie avait cessé, mais un vent furieux soufflait, tourmentait les arbres du parc, bousculant les feuillages.

La croix grecque...

M. Mirambeau désigna, l'une après l'autre, les quatre branches.

– Celle-ci marque l'ouest : la direction où est parti Mathieu Sorgues. Celle-ci, l'est : la direction prise par Philippe Macroy. Celle-ci, le sud : la direction prise par André Baume. Quant à celle-ci...

Il n'acheva pas.

Sur la quatrième branche, celle qui marquait le nord, il y avait eu un cadavre : celui de Lemmel.

– Et au centre ?... questionna M. Benassis.

– Au centre ?... Il y a...

– Vous ! fit M. Benassis.

En effet, M. Mirambeau occupait le centre de la croix grecque. Il s'en éloigna avec une précipitation comique voulue, qui n'amena pas même un sourire sur les lèvres.

M. Raymon réfléchissait. Plus son enquête avançait, plus ses soupçons se portaient sur le préfet de discipline.

Ces notes de conduite qu'il était censé prendre, en promenade, sur les élèves – et qui étaient peut-être des relevés topographiques... Chez lui, ce dossier de cartes d'état-major annotées, ces relevés de plan… Ces sommeils furtifs… Dans le réduit, ces accessoires photographiques, ce matériel à dessin, ces encres, ces réactifs susceptibles, par exemple, de faire « remonter » une écriture secrète…

Benassis avait-il raison lorsqu'il parlait d'espionnage ?

Mais, lors de l'épisode de la *Marche funèbre*, Planet se trouvait au réfectoire. S'agissait-il simplement d'une farce de collégien ?

La porte donnant sur les cours de récréation était ouverte. Le concierge, porteur de quelques journaux, entra par celle qui donnait sur le parc. À l'instant, un vent ronfleur s'engouffra avec violence dans le hall, semblant vouloir fouailler et balayer ce groupe d'hommes de dessus la croix grecque.

M. Raymon regagna sa chambre. Il s'y trouvait depuis quelques minutes à peine, quand son front se plissa. La tenture masquant le lavabo venait de frémir. Sournoisement, il coula une main dans sa poche de veste, en sortit un revolver et marcha nonchalamment vers la tenture.

D'une brusque secousse, il l'écarta.

– Par exemple !… Vous !…

L'élève André Baume se tenait devant lui.

La nuit
des longs couteaux

« À ce moment-là… »

L'homme, un vaste gaillard à face de brute, posa des feuillets sur une table. Il lampa un verre de vin, grogna, se tapa sur les cuisses.

– Fameux, le môme !

Il se dressa et exécuta sur place une sorte de gigue : il boxait contre son ombre.

– Et je te démantibule les omoplates ! Et je te fais avaler ta pomme d'Adam ! Pan par-ci ! Pan par-là ! Allez donc dans les gencives ! Et allez donc dans les tibias ! Il est impayable pour expliquer la châtaigne, le gamin ! Il tient debout à peu près comme un pied d'artichaut, mais, question crâne, c'est quelqu'un !

Un autre homme était assis près d'une cheminée. À petits coups, de la pointe de ses espadrilles, il taquinait la cendre, jusqu'au bord des braises. Il cracha sur un brandon.

– T'excite pas, Julien ! fit-il, et continue.

– Continuer quoi ?

– De lire ! Tu t'es arrêté à : « *À ce moment-là...* »
Qu'est-ce qui arrive après ?

– Ça, mon vieux... Va le demander au môme. Il n'a
pas été plus loin.

La nuit était claire, très calme.

Près d'une fenêtre, une femme sans âge, à la peau
terreuse, ravaudait des hardes.

– L'orage d'avant-hier n'aura pas fait de mal aux
choux, dit-elle.

Elle posa son ouvrage.

– Je vais voir le petit. Je suis sûre qu'il aimera un bol
de café. Il en est gourmand de café, c'est effrayant !

– Tous les crânes sont gourmands de café ! affirma
Julien, la brute qui, tout à l'heure, boxait contre son
ombre.

– Les crânes ? Qu'est-ce que tu veux dire par là ? fit
l'homme assis devant le foyer.

– Ceux qu'en ont dans le ciboulot, quoi ! Faut tout
te définir, alors ? Le café, ça les excite. Je t'accom-
pagne, Marie.

– Bon. Mais ne l'ennuie pas, hein ? Laisse-le travailler tranquille. Quelle heure est-il, d'abord ?

– Dix heures, par là.

– Déjà ? Dans une heure, je l'enverrai au lit.

– Marie, je crois que tu as tort. La nuit, les crânes
sont à leur affaire. Tandis que, le matin, faut que ça
fasse la grasse matinée ; ça n'est bon à rien avant midi.
C'est susceptible ! Craintif comme une fleur !

– Ça va ! Ça va ! Tiens la bougie, que je verse son
café.

Le couple entama l'ascension d'un escalier étroit, aux marches raides.

L'homme demeuré seul près des braises avait pris les feuillets sur la table, et, tout en tirant sur une courte pipe chanteuse, relisait ce que venait de lire à haute voix l'homme à mine de brute :

« *Sous la violence du coup, le sinistre bandit chancela. Un second uppercut le jeta à terre…* »

Au premier étage, la femme s'arrêta.

— Ouvre la porte, Julien !

Son compagnon introduisit une lourde clé dans une serrure massive, trop luisante pour n'avoir pas été posée là récemment.

— Bonsoir, petit crâne ! Ça va comme tu veux ?

— Oui et non ! répondit Mathieu Sorgues.

— On t'apporte du jus.

— Ah, merci !…

Mathieu Sorgues but une gorgée du breuvage fumant.

— Ça manque de sucre !

— Je me doutais que tu en réclamerais, dit la femme, gentiment. J'en ai amené. Tiens !

De la poche de son tablier, elle tira trois cubes blancs.

Elle s'assit sur la couchette, un petit lit de fer très propre.

Mathieu Sorgues était installé devant une table encombrée de papiers. Ses doigts étaient maculés d'encre. L'homme à face de brute se tint debout auprès de lui.

– Qu'est-ce qui ne va pas ? demanda-t-il.

– C'est ce chapitre : « La Nuit des longs couteaux ».

Julien appuya sa grosse patte sur une pincée de feuillets froissés.

– Et ça ?

– Deux nouvelles versions de « La Nuit des longs couteaux ». Elles ne me plaisent pas plus que la première. Mais j'en ai une troisième en route. Je crois que ça va marcher.

– Le mieux est l'ennemi du bien, dit Julien, sentencieusement.

Il prit les feuillets froissés.

– C'est pour jeter ?

– Oui.

– Tu n'en as plus besoin ?

– Non.

– Bon !

L'homme enfouit les feuillets dans sa poche.

– Il me faudra bientôt encore de l'encre, dit Mathieu Sorgues.

– César va à Meaux demain après-midi. Il t'en rapportera une fiole. As-tu besoin de plumes, aussi ? Tant qu'à faire...

– Non, non, merci, Julien.

L'homme fit quelques pas dans la pièce, posant un doigt sur le rebord du lit, sur la clé de l'armoire, sur la cuvette de toilette, sur l'espagnolette de la fenêtre derrière laquelle huit solides barreaux de fer profondément enfoncés dans le mur dessinaient, contre le ciel inondé de clair de lune, un quadrillé sinistre.

Cette pièce était, depuis un mois et demi, la prison de Mathieu Sorgues, l'élève qui portait à Saint-Agil le numéro 95.

La maison se trouvait à cinq cents mètres de la route de grande communication, non loin de Changis-Saint-Jean-les-Deux-Jumeaux, à peu près à treize kilomètres de Meaux et huit de La Ferté-sous-Jouarre. Elle était installée derrière un bois, en plein champ. Des carrés de poireaux, de choux, de salades l'entouraient.

Outre Mathieu Sorgues, trois personnes l'habitaient : César, l'homme en espadrilles qui était resté près du foyer, Marie, sa femme, et leur domestique Julien. César était maraîcher – pour la façade.

Un mois et demi auparavant, on leur avait amené en automobile Mathieu Sorgues, bâillonné, ligoté.

D'abord, le collégien séquestré avait ruminé mille et un plans d'évasion – tous impraticables. Aucune ressource pour la ruse, l'imagination. Ni trappes secrètes, ni issues mystérieuses à sa prison. Rien de romanesque. Une porte solide, des murs solides, une fenêtre pourvue de barreaux solides ; c'était écœurant de simplicité.

Sorgues avait envisagé cinq possibilités : refuser toute nourriture, mais il songea qu'on pourrait fort bien le laisser périr d'inanition plutôt que de le libérer. Mettre le feu à sa chambre ? Il eût été brûlé vif, sans bénéfice. Corrompre ses geôliers : il ne disposait d'aucun moyen de corruption. Scier les barreaux de sa fenêtre ? Rien de plus facile dans un roman. Mais, dans la réalité… Appeler, dans l'espoir d'alerter quelqu'un ? En bas, l'on veillait, et l'on avait promis à Sorgues, si jamais il se livrait à cette fantaisie, une balle dans la tête. Il avait eu le sentiment que ce n'était pas là une parole en l'air. Il se trompait, d'ailleurs. Les instructions reçues par César n'étaient pas aussi sévères.

Dès lors, il s'était résigné.

Une sorte d'entente avait été conclue.

Qu'il ne causât pas « d'ennuis », ne posât pas de questions saugrenues, acceptât philosophiquement sa détention (d'ailleurs provisoire, lui assurait-on) et, en retour, il ne serait pas molesté, on le nourrirait bien, on lui apporterait même, de Meaux, ce qu'il désirerait, à condition qu'il ne formulât pas d'exigences déraisonnables.

Sorgues avait demandé un petit dictionnaire Larousse illustré, du papier blanc en quantité, de l'encre, des plumes. Et il s'était attaqué à la tâche de réécrire, depuis le début, et d'achever le roman : *Martin, squelette*, dont les cent premières pages étaient restées à Saint-Agil.

Si l'heure de sa libération n'était pas arrivée lorsque ce travail serait terminé, il attaquerait un autre roman. D'ores et déjà, il avait une idée à ce sujet.

De part et d'autre, le pacte avait été observé. Sorgues était soigné quasi maternellement par Marie. César et Julien, franches canailles, mais frustes créatures, montaient à sa chambre bien moins pour le surveiller que pour savoir comment avançait la fabrication de *Martin, squelette*. Car – et c'était là le plus piquant de la situation – ils lisaient ce roman au fur et à mesure de la production, ils le dévoraient avec le même enthousiasme dont ils eussent dévoré des récits d'aventures à cinquante centimes ; ils s'y passionnaient même davantage, ayant la chance insigne de voir le miracle de l'écriture se produire sous leurs yeux. Les inventions du collégien imaginatif les stupéfiaient. Dans la mesure de leurs moyens, ils admiraient Mathieu Sorgues.

— Tu n'as besoin de rien d'autre ? insista Julien.

— Non, merci.

— Alors, on te laisse.

— C'est ça…

— Ne te couche pas trop tard, conseilla Marie.

— Ça… protesta Mathieu Sorgues. Je suis parti pour écrire ce chapitre… J'irai tant que je pourrai.

— Mais oui, fit Julien. Tu as raison d'en profiter pendant que ça chauffe. As-tu du pétrole assez pour tenir, au moins, Mathieu ?

— Oui, oui ; la lampe est aux trois quarts.

— Bonne nuit !

— Bonne nuit !

La serrure claqua.

En bas, dans la salle commune :

— Demain matin, dit Marie, ne faudra pas faire trop de boucan, les hommes. Le petit va sûrement dormir jusqu'au déjeuner.

Julien tira de sa poche les feuillets froissés.

— J'ai rapporté ça qu'il voulait jeter.

— Vas-y, dit César. Lis-nous ce que ça raconte.

D'une grosse voix appuyée et hésitante, Julien commença la lecture :

« La Nuit des longs couteaux

Zorg, Bohm et Mac Roy installèrent Martin squelette sur un quartier de roc, au fond du repaire. Les trois aventuriers avaient la certitude que l'assaut ne tarderait pas. La nuit était claire, le ciel fourmillait d'étoiles. La lune n'était pas encore levée. Faute de munitions, les revolvers ne pouvaient plus être d'aucune utilité, mais il restait les poignards.

— Écoutez ! dit Mac Roy. Avez-vous entendu ce bruit de gravier ?

— Le Bédouin approche !

Brusquement, une ombre se dressa au seuil du repaire.

— Je sais que vos cartouches sont épuisées, ricana le Bédouin. Vous êtes à ma merci !

— Pas encore, cria Mac Roy.

Une silhouette fantomatique se profila derrière celle du Bédouin. Jef, l'homme volant, était au côté de son chef. Le feuillage d'un palétuvier bruissait, à dix pas de l'entrée du repaire.

Lentement, le Bédouin épaula son Winchester ; son doigt caressa la gâchette.

À ce moment-là… »

Julien cessa de lire.

— Il n'a pas continué. Ça ne lui plaisait pas.

— Je me demande pourquoi ? C'est épatant…

Julien prit un autre feuillet, se remit à lire.

« La Nuit des longs couteaux

Zorg, Bohm et Mac Roy agenouillèrent Martin squelette

sur le sol, près de l'entrée du repaire. La nuit était très obscure, sans une étoile. Pas un souffle de vent.

— Le Bédouin tombera dans le piège que je suis en train de lui tendre, ou j'y perdrai mon nom ! proféra Mac Roy tout en installant un réseau compliqué de cordelettes destinées à relier le squelette au tronc d'un palétuvier qui se dressait à vingt pas de l'entrée du repaire.

— Les armes sont-elles chargées ? demanda Bohm.

— Jusqu'à la gueule, répondit Zorg. Et nous avons assez de munitions pour tenir trois jours.

— Je crois que nos poignards suffiront, jeta Mac Roy. Voici mon plan…

À ce moment-là… »

Julien reposa la feuille de papier.

— C'est tout pour le moment, fit-il.

— Épatant ! commenta César. C'est du pur ! Je me demande où il va chercher tout ça ! Je serais curieux de savoir ce que Mac Roy compte fabriquer avec ses cordelettes.

Au premier, Mathieu Sorgues, emporté par l'inspiration, écrivait fébrilement :

« La Nuit des longs couteaux

La lune se levait. Le vent soufflait en tempête. Zorg, Bohm et Mac Roy avaient installé le squelette Martin sur un palétuvier qui s'élevait à trente pas de l'entrée du repaire. À la ceinture des aventuriers, des poignards luisaient… Soudain, un rire funèbre éclata derrière le rocher.

— Jef, l'homme volant, imite le rire de la hyène, murmura

Bohm. Mais nous ne nous laisserons pas prendre à ses ruses ! Tenons-nous sur nos gardes !

À ce moment-là… »

Les têtes des artichauts s'agitèrent.

– On donne l'assaut ? questionna André Baume. C'est l'instant, je crois.

– Ta bouche, bébé ! répliqua un policier à moustaches qui rampait au creux d'un sillon. Tu te crois dans la Pampa, peut-être ? Buffalo Bill de mon cœur, va !

– La ferme ! intima M. Raymon. Où êtes-vous, Mirambeau ?

– Ici…

– Avançons. D'après mes renseignements, les gosses doivent se tenir au premier, dans la pièce éclairée. Les autres sont en bas. Il faut à tout prix les empêcher de monter. Compris ?

Les quatre hommes progressaient avec d'infinies précautions. Ils étaient maintenant au milieu d'un carré de choux. Ils atteignirent le pied de la maison. Le policier à moustaches fut hissé à la force du poignet et se trouva bientôt à la hauteur du premier étage. La fenêtre était ouverte. Il en tapota le rebord, très doucement.

Mathieu Sorgues, assis à sa table, leva le front et sursauta.

– Crie pas, bébé ! souffla le policier. On vient te tirer de là. File-toi en douce sous le plumard, et fais le mort jusqu'à ce que je te dise de ressusciter.

Du pied, il prenait appui sur une treille. Il posa sur le rebord de la fenêtre le canon d'un pistolet automatique.

En bas, M. Raymon donnait ses dernières instructions.

– Vous, Baume, à la fenêtre. Mirambeau, à la porte avec moi. Il faut l'enfoncer d'un seul coup. Je pense que nous y arriverons, à nous deux.

– Inutile d'opérer à deux, dit M. Mirambeau. Nous nous gênerions. J'en fais mon affaire.

Chacun prit position.

À l'intérieur de la maison, Julien et César bâillaient. Marie poussait plus mollement l'aiguille dans l'étoffe des vieux vêtements ; ses mains s'endormaient.

– Dites, les hommes, vous n'avez pas envie de vous mettre au lit ?

M. Raymon toucha à l'épaule M. Mirambeau, du bout d'un doigt, comme on presse, délicatement, le bouton de commande d'un marteau-pilon.

– Allez, Mirambeau !

L'hercule, qui se tenait arc-bouté sur les jarrets, se rua vers la porte.

Il l'attaqua de toute la vigueur de son corps de géant. La porte éclata.

– Nom de Dieu !…

La femme glapit. Julien et César avaient bondi, renversant des sièges.

– Haut les mains !

César et Julien se soucièrent peu de cette injonction. Une chaise vola dans la direction de la porte, une autre dans la direction de la fenêtre que venait de briser André Baume. Julien se précipita sur M. Mirambeau, lequel eut le tort de retarder d'une seconde l'instant de faire feu. Les deux hercules se colletèrent. César, plongeant comme un joueur de rugby, avait harponné aux cuisses M. Raymon, qui lui martelait les reins.

Marie saisit un pique-feu. Mais Baume, la face tailladée par des éclats de verre, escalada la fenêtre et sauta dans la pièce.

Une horloge à poids s'affaissa dans un tintement de rouages brisés. Son timbre se mit à marquer l'heure.

M. Raymon s'appuya à la table.

D'un coup violent du tranchant de la main sous la gorge, il venait de plonger César dans une asphyxie momentanée. Dans la bagarre, son veston avait été déchiré par le milieu, une manche pendait.

André Baume avait maîtrisé la femme.

M. Mirambeau et Julien continuaient à lutter, très près du foyer. Intervenir n'était pas facile. M. Raymon hésitait, lorsqu'il vit le surveillant, ayant assuré une bonne prise, commencer de soulever, en ahanant, son adversaire qui lui tordait le bras.

D'une brusque secousse de reins, M. Mirambeau projeta Julien au milieu des flammes. Des brandons s'éparpillèrent, cependant qu'un hurlement retentissait.

Julien jaillit du foyer. Ses vêtements en loques sentaient le roussi. Il sauta vers un buffet. Lorsqu'il se retourna, il tenait un coutelas.

M. Raymon braqua son revolver.

— Ne tirez pas ! dit M. Mirambeau.

Il souleva la table de chêne massif et la renversa sur Julien qui s'écroula.

Baume poussa un cri.

— César !

L'homme avait repris conscience, s'était remis debout et élancé dans l'escalier.

Avant que Mirambeau et Raymon fussent parvenus à leur tour au sommet des marches, une détonation sèche claqua. Un bruit de chute suivit. Le policier posté à la fenêtre avait tiré en voyant paraître, sur le seuil de la pièce du premier, César tenant un couteau à cran d'arrêt. Par l'œil droit, la balle avait pénétré à l'intérieur du crâne.

Baume pénétra dans la chambre de Sorgues.

— Alors, Mathieu, ça biche ? lança-t-il avec un flegme affecté.

— Pas mal et toi ? répliqua Sorgues, encore tremblant des pieds à la tête, mais feignant la désinvolture.

Baume promena un regard étonné et anxieux autour de la pièce.

— Macroy n'est pas avec toi ?

— Macroy ? Comment veux-tu…

— Où est-il ? Qu'en ont-ils fait ?

— Comment veux-tu que je le sache ? Je le croyais avec vous, en bas.

— Avec nous ?

— Eh bien, oui ! Il ne faisait pas partie de l'expédition ?

— Partie de l'expédition ? Tu n'es pas au courant ? Macroy a disparu de Saint-Agil depuis trois semaines, mon vieux ! et on est sans nouvelles. Nous pensions le trouver enfermé avec toi…

– Qu'est-ce que tu racontes ? Ils ont enlevé Macroy aussi ?

– Je n'en ai pas la preuve, mais il y a les plus fortes chances.

Les recherches ne donnèrent aucun résultat. Philippe Macroy ne se trouvait pas dans la maison.

– En tout cas, dit M. Raymon, voici qui est de bonne prise.

Il montra un paquet de clichés photographiques et de plaques de cuivre gravées.

– En route ! Embarquons le gibier dans l'auto et filons.

– Une minute, fit Mathieu Sorgues.

Il courut à la table et ramassa, pêle-mêle, des feuillets couverts d'écriture.

– Mon roman… expliqua-t-il.

Une demi-heure plus tard, M. Raymon et son acolyte arrivaient avec M. Mirambeau, André Baume et Mathieu Sorgues au commissariat de Meaux.

Julien et Marie furent incarcérés séance tenante.

– Et à présent ? demanda ensuite le commissaire.

– À présent ? dit M. Raymon. Je pense qu'une bonne nuit de sommeil s'impose. Il ne saurait être question que les enfants rentrent à la pension. Je vais les installer en ville. Vous, Mirambeau, vous réintégrez votre dortoir, bien entendu…

Le policier conduisit Sorgues et Baume dans un hôtel proche de la gare. Il n'y avait dans la chambre qu'un lit, mais vaste. Les deux collégiens se couchèrent.

– Voilà terminées vos aventures, dit cordialement M. Raymon.

— Oui, mais celles de Macroy ? fit Mathieu Sorgues avec angoisse.

Le policier eut une phrase optimiste, referma la porte et s'éloigna. Bientôt après, il arrivait rue Croix-Saint-Loup. Au pied du long mur gris, un homme veillait.

— Salut, chef.

— Bonsoir. Quelles nouvelles ?

— Boisse et Donadieu sont partis ensemble pour Paris ce soir par l'express de huit heures douze. Deux de mes hommes leur ont emboîté le pas, naturelle...

— Je sais ! coupa M. Raymon impatiemment. Sont-ils rentrés ?

— Pas encore, chef.

— Parfait. Ensuite ?

— Benassis a passé la soirée au café du Palais à bavarder avec Darmion et Cazenave. Conversation sans intérêt. La guerre...

— Parfait. Après ?

— Planet n'a pas mis le nez dehors.

— Parfait. Bonsoir.

M. Raymon pénétra dans la pension, gagna sa chambre et se mit au lit.

Le nom de l'assassin

André Baume ouvrit un calepin. On était au lendemain de l'expédition à la bicoque de Changis-Saint-
Jean.

D'un timbre rauque, d'abord, car l'émotion lui séchait
la gorge – la salive venait mal –, il lut :

« CECI EST MON JOURNAL… »

À la lisière d'un bois, le collégien était juché sur un
énorme quartier de meulière amené là jadis par un pro-
priétaire terrien dans une intention que l'on ignorait
et à laquelle l'homme avait apparemment renoncé
puisque le bloc, depuis des années, demeurait inutilisé.

Mathieu Sorgues s'était assis à côté de Baume.
M. Mirambeau, sans façon, s'était installé sur le sol.

Un moment plus tôt, les collégiens, partis sous la
conduite de l'Œuf pour la dernière promenade de l'année scolaire, avaient vu avec stupeur surgir mystérieusement, de derrière un lavoir situé à l'extrémité de la
ville, leurs deux condisciples disparus.

Maintenant, rangés en demi-cercle, face au quartier de meulière, ils se préparaient à entendre le récit de ce qui était arrivé au numéro 7 depuis sa disparition. L'externe Joly – qui avait un jour écrit au grand Baume un billet commençant par ces mots : « Je suis petit, mais j'ai 15 ans… » – avait des yeux particulièrement brillants.

« *CECI EST MON JOURNAL…*

20 juillet. Minuit.

Persuadé depuis longtemps que les disparitions de Sorgues et Macroy, ainsi que la mort de Lemmel, cachent un mystère, j'ai résolu de me livrer secrètement à une enquête.

Cet après-midi, donc, après m'être fait mettre à la porte de l'étude, j'ai pris subitement la décision de disparaître de la pension.

Pour la réussite de mon plan, il était indispensable que l'on conclue à une vraie fuite. Dès la nuit, je suis revenu rue Croix-Saint-Loup et j'ai escaladé le mur.

Je ne dissimule pas que l'aventure que je vais courir est dangereuse. S'il m'arrivait un accident, la lecture de ce cahier éclairerait la justice.

J'écris dans la chambre de l'Œuf… »

Il s'interrompit, rougit en regardant M. Mirambeau.

– Cela va bien, André, dit affectueusement celui-ci. Continuez !

« ... *dans la chambre de l'Œuf dont j'ai décidé de faire mon quartier général durant la nuit et pendant les heures de surveillance de l'Œuf. Les autres moments, je me cacherai ailleurs.* »

Au fur et à mesure, la voix de Baume s'affermissait. Il toussa, fit passer sa jambe gauche sur sa jambe droite. Il était assis tout au bord du bloc de meulière, une fesse seulement sur la pierre.

– Pousse-toi un peu, fit-il à Mathieu Sorgues. Tu prends toute la place.

Bouche bée, les élèves le considéraient. Il reprit :

« *J'ai apporté du pain et du jambon suffisamment pour tenir deux jours. Après je verrai à me débrouiller.*

Même nuit, un peu plus tard.

Je viens de déposer un billet dans le pupitre de René Joly. Je lui demande de prendre chez son oncle, le pharmacien, un peu de chloroforme (ça peut servir) et de le déposer, avec de la ouate, une pelote de ficelle et une lampe électrique, dans la chambre de l'Œuf. Je ne lui ai révélé que l'indispensable. Je compte qu'il me gardera le secret et brûlera mon billet, comme je le lui recommande. Il est loyal, on peut se fier à lui. »

Joly rougit de plaisir. Les regards, qui s'étaient un instant posés sur lui, convergèrent de nouveau vers André Baume. Celui-ci continuait :

« Je crois qu'il serait bon que je me trace dès maintenant un plan de campagne.

S'il existe vraiment un mystère à Saint-Agil, comme j'en ai la conviction, il est raisonnable d'étudier avant tout les personnes vivant à la pension.

Je vais les passer en revue, afin d'éliminer les non-suspects, avec le motif.

Mirambeau.

Éliminé. C'est un brave type.

Donadieu.

Éliminé. J'ai eu chaud, cet après-midi, quelques minutes avant que je prenne la décision de disparaître, quand il m'a aperçu sur la croix grecque et m'a demandé de lui tenir un bout de cuir pour y étaler de la colle. Je l'ai fortement soupçonné. Mais non... c'est un brave type. Et puis, il est trop vieux...

Boisse.

Éliminé. C'est le directeur ! Ne faisons pas de roman ! Il faut laisser cette spécialité à Sorgues. »

Mathieu Sorgues sourit et prit une expression de feinte modestie.

« Planet.

Suspect. À surveiller.

Benassis.

Encore plus suspect. À surveiller de très près.

Le concierge.

Éliminé. Trop bête.

Les pions et les garçons…

Mais je me rends compte que ce travail est prématuré. Je manque de données. Je décide de considérer, a priori, tout le monde comme suspect et j'adapterai mon plan d'action aux événements.

Note : Réflexion faite, j'élimine quand même l'Œuf. Il est trop brave type. »

— Ben, et Raymon ? s'exclama un gamin de la cinquième.

Avec commisération, Baume haussa les épaules.

« Autre note, continua-t-il.

J'ai la conviction que Raymon est de la police. Ce soupçon date du jour où je l'ai surpris en train de filer Planet pendant une promenade. Il a dû être envoyé par M. Quadremare, qui est ami avec le préfet de police et a été impressionné par un rapport que je lui ai remis concernant les disparitions de Sorgues et Macroy. J'aurai à me méfier tout particulièrement de lui. S'il me pinçait…

Mardi 21. Onze heures, matin.

Joly a apporté le chloroforme et tout ce que je lui demandais. Il a ajouté une loupe. Je n'y avais pas songé mais c'est une bonne idée. J'ai procédé à des investigations chez Raymon. Il est bien de la police comme je le supposais. J'ai découvert sur la cheminée, parmi des ouvrages de sport, un cahier sur la couverture duquel il a écrit : "Leçons d'éducation physique d'après la méthode Hébert." En réa-

lité, ce qu'il consigne là, ce sont des observations journalières, relatives à son enquête. J'ai également trouvé dans le tiroir de sa table la carte postale expédiée de Chicago par Sorgues. Je l'ai subtilisée pour un moment, aux fins d'examen.

Dans ses observations, Raymon émet l'hypothèse que Lemmel a été assassiné. C'est également mon avis. Il pense que le meurtrier a pu s'enfuir du troisième étage par la fenêtre de la galerie, en descendant le long de la gouttière après avoir refermé de l'extérieur. L'idée n'est pas bête.

Même jour. Midi.

J'ai rapporté la carte de Chicago où je l'avais trouvée. J'espère que Raymon ne s'est pas aperçu de sa disparition. Je l'ai étudiée à la loupe et j'ai pris des notes volantes que je compte développer incessamment.

Deux heures, après-midi.

Me rendant compte de la nécessité d'un complice dans la place (Joly, qui est externe, ne suffit pas) j'ai révélé ma présence à l'Œuf et j'ai eu un entretien avec lui. Je lui ai dévoilé mes soupçons. C'était un risque à courir, mais j'étais bien sûr que l'Œuf ne me trahirait pas. Au début, ça n'a pas marché tout seul. Il voulait me conduire chez le père Boisse. Mais j'ai réussi à le convaincre à coups d'arguments massue et il a fini par accepter de m'aider. Il m'a donné la clé de sa chambre et m'apportera à manger. De plus, il s'occupera des missions et surveillances diverses que je pourrais avoir à lui confier. Mon affaire s'organise.

Mercredi 22. Sept heures du matin.

Grosse découverte !

La gouttière ne tient pas. La théorie non plus, par conséquent ! J'ai tenté cette nuit une expérience décisive : j'ai entrepris de descendre du troisième par là. Jusqu'au second, ça allait. Mais, plus bas, la gouttière remue, beaucoup d'attaches sont rouillées, les crampons branlent dans le mur. Si l'assassin avait emprunté ce chemin, la gouttière aurait infailliblement cédé.

Il est arrivé ensuite quelque chose de terrible. J'ai chloroformé Benassis ! »

Habilement, Baume fit une pause. Un murmure de stupeur s'élevait : les élèves étaient assis.

Baume avait chloroformé un homme ! Il avait osé ! C'était un exploit formidable !

Interjections et questions se croisèrent :

— Ben, mon vieux ! Pour du culot !

— Comment que t'as fait ? Tu lui as collé un tampon ?

— C'est aussi fort que dans Nick Carter…

« Il était environ 3 heures et.demie du matin. Je venais de me livrer à des investigations (sans résultat, d'ailleurs) chez Benassis, quand il a ouvert la porte. Que venait-il faire au lieu de rester dans son dortoir ? J'ai eu juste le temps d'éteindre ma lampe électrique. Je regrette de l'avoir chloroformé, mais j'étais pincé sinon. C'est la première fois que je chloroforme quelqu'un ; ça a marché épatamment : il n'a pas fait ouf ! Mais quel drôle d'effet quand je l'ai senti devenir mou ! J'ai bien failli tout plaquer et me sauver pour de

bon. J'espère que Benassis ne va pas en attraper une maladie, bien que je le déteste.

Huit heures et demie.

Je croyais que l'affaire du chloroforme allait mettre la boîte en révolution, mais l'Œuf vient de m'annoncer que Benassis ne fait mine de rien. C'est louche. Je le suspecte de plus en plus.

Il paraît qu'il y a énormément de nervosité dans l'air, à la pension, en ce moment. L'Œuf, sur ma demande, a prononcé deux ou trois fois la phrase de Lemmel, sur "la surveillance à Saint-Agil" pour voir si quelqu'un paraîtrait troublé. Résultat nul. Ça n'a troublé que le policier ! Dix sous qu'il va soupçonner l'Œuf !...

Aujourd'hui ceux du bachot passent l'oral à Paris.

Un peu plus tard.

Le moment est venu de développer les notes que j'ai prises à la suite de mon examen de la carte de Chicago et de tirer des conclusions, si possible. »

Là encore, Baume fit une pause.

On entendit un mugissement très long. Sur une voie étroite, un tortillard s'avançait en crachant force fumée. Il allait comme les escargots, mais faisait plus de bruit que les rapides.

– Je me demande si je ne vais pas sauter ce passage, dit Baume. C'est très technique, forcément, comme toutes les expertises…

– Non, non, vas-y ! Ne saute rien !

Le numéro 7 se remit à lire.

« EXPERTISE DE LA CARTE POSTALE
ET DÉDUCTIONS

a) L'écriture
Elle est incontestablement de la main de Sorgues.
Les caractéristiques générales : barres de liaison, jam-
bages, etc., ne permettent aucun doute. Surtout pour moi
qui suis très familiarisé avec l'écriture de Sorgues. L'encre
est de l'encre bleu-noir pour stylo.
Première constatation : la carte a dû être écrite avec un
stylo ; l'absence totale de pleins et déliés confirme cette
hypothèse.
Observation : Sorgues ne possédait pas de stylo.
b) Le texte - L'adresse
J'ai déjà exposé, dans le rapport que j'ai remis à M. Qua-
dremare avant ma disparition, certaines réflexions concer-
nant les anomalies du texte et de l'adresse. J'ai démontré que
ces anomalies avaient été sûrement voulues par Sorgues. J'ai
conclu qu'elles avaient pour objet d'éveiller ma défiance et
celle de Macroy. Du fait que Sorgues a employé un procédé
aussi indirect, j'ai déduit qu'il n'avait pas eu le moyen d'être
plus explicite. Autrement dit, on lui a dicté cette carte et il a
triché dans la mesure du possible.

QUESTIONS

1. Qui lui a dicté la carte ?
2. Dans quel but ?
3. Où et quand ?

1. Qui ?

Quelqu'un qui connaissait l'existence de l'association des Chiche-Capon. Comme ce n'est pas Sorgues qui aurait été la révéler, c'est donc que celui qui a dicté la carte avait découvert nos documents sous l'estrade de la classe de sciences.

Par conséquent : il faut que ce quelqu'un fasse partie de la pension. (Cela confirme mes premiers soupçons.)

2. Le mobile

La carte a été expédiée de Chicago. Le but est évidemment de nous donner à penser que Sorgues a réussi à gagner cette ville.

Donc : Sorgues n'est pas à Chicago !

Pourquoi veut-on faire passer Sorgues comme étant à Chicago ?

Réponse :

Pour qu'on cesse de le chercher ailleurs.

Hypothèses : ou bien on l'a tué, ou on le garde séquestré.

3. Le lieu - Le moment

Puisque j'admets : a) que la carte est bien de la main de Sorgues ; b) que Sorgues n'est pas à Chicago, a) + b) = la carte n'a pas été écrite à Chicago.

Supposons qu'elle l'ait été en France. Ce ne peut pas être à la pension, avant le départ de Sorgues pour Paris. Son attitude, dans le train, n'était pas celle d'un garçon que l'on vient de contraindre à écrire contre sa volonté. Je ne vois qu'une explication : Sorgues est tombé dans un guet-apens qui lui était tendu à Paris. On l'a contraint à écrire la carte, puis on a, sous enveloppe, envoyé cette carte à un complice à Chicago avec mission de l'affranchir et de la jeter à la poste.

Observation : ou bien l'on a acheté cette carte, neuve, dans une grande librairie-papeterie de Paris, ou bien on la possédait. Qui pouvait posséder une telle carte ? Je note que M. Touttin, le prof d'anglais, a été, autrefois, en Amérique.

À présent, étudions le moment.

Sorgues disparaît le 12 juin au soir.

Il résulte des renseignements que vient de me fournir l'Œuf, après enquête faite sur ma demande, que la carte, pour arriver à Chicago le 24 (soit le 22 à New York) a dû partir du Havre le 13 juin à 7 heures du soir par le Président-Lincoln, de la Red American Line, seul bateau-courrier rendant la chose possible.

Donc : carte écrite en France par Sorgues entre le 12 juin à 8 heures du soir – heure de son arrivée à Paris – et le lendemain avant 10 heures du matin – heure de départ du dernier train transatlantique transportant des lettres pour le Président-Lincoln.

Comme il n'est guère admissible que des instructions nécessaires, forcément très détaillées, aient été données de Saint-Agil par téléphone au complice de Paris, j'en conclus que le coupable est celui d'entre les dirigeants, professeurs, surveillants ou garçons de la pension qui s'est rendu à Paris à la date et aux heures que je viens d'indiquer. Par exemple, pour établir cela, ça ne va pas être commode ! Allez donc chercher, depuis le temps !…

Note : à moins que, de Paris, l'on n'ait ramené Sorgues à Meaux ou dans les environs ? Une brève absence de la pension aurait alors suffi.

Même jour. Dix heures du matin.

L'Œuf vient de m'amener un paquet de copies d'élèves qu'il a prises dans le casier, chez le portier. L'examen des corrections des professeurs m'apprend que, seul, M. Darmion, des lettres, utilise un stylo.

Par ailleurs, je sais qu'à la pension : MM. Boisse, Planet, Mirambeau et Benassis se servent de stylos. (Naturellement, je n'oublie pas que la carte peut avoir été écrite avec le stylo d'un complice. Mais cette hypothèse ayant l'inconvénient de barrer complètement toute possibilité de raisonnement, je la rejette.) Je persiste à croire à l'innocence de l'Œuf. Restent donc : Boisse, Donadieu, Planet, Benassis, Darmion. Remarquons que Darmion, le soir du crime, est parti fort peu de temps avant la chute de Lemmel.

Remarquons également que Benassis n'a vraiment pas de chance de posséder un stylo, lui qui est déjà en bonne place sur ma liste des suspects. En somme : Benassis ou Darmion ?

Patience !

J'apprends que les résultats des examens sont déplorables.

Je me demande bien où ils peuvent s'imaginer que je suis, à l'heure qu'il est, ceux de la pension ! Quelle tête ils feraient s'ils venaient à savoir !

Même jour. Deux heures de l'après-midi.

Pendant la récré, j'ai mis le nez dans le cahier de Raymon. J'ai compris pourquoi Benassis n'a pas parlé de l'aventure du chloroforme. Il s'est mis d'accord avec le policier. Il fait mine de marcher avec lui. Un coupable n'agirait pas autrement !

Je note que Raymon, d'après une enquête très serrée, considère comme hors de cause le personnel et le concierge de la boîte.

Même jour. 11 heures et demie du soir.

Vers onze heures moins le quart, je l'ai échappé belle. J'étais sur le palier du troisième, à épier à la porte de Benassis qui discutait avec Raymon. Benassis suggérait qu'il pouvait s'agir d'une affaire d'espionnage. Drôle d'idée ! Avec sa guerre, il deviendra toqué, celui-là ! Tout d'un coup, j'ai entendu un glissement de pas. Je n'ai dû mon salut qu'à la vitesse avec laquelle je me suis laissé couler jusqu'au deuxième par la rampe de l'escalier pour m'enfermer chez l'Œuf. J'ai fait vinaigre ! Heureusement qu'il n'y a pas de boules sur la rampe !

Quelques minutes après, Raymon et Benassis sont sortis sur le palier du troisième. D'après ce qu'ils disaient, j'ai compris qu'ils venaient, eux aussi, de percevoir le glissement. Faut-il admettre que quelqu'un les épie ? Le coupable ?

Ce ne serait donc pas Benassis ? Alors ? Boisse ? Donadieu ? Darmion ? Planet ? Je commence à n'être pas rassuré du tout. Pour dire la vérité, je n'en mène pas large ! Il y a déjà eu un meurtre !

Si seulement j'avais une arme !

Même nuit. Quatre heures du matin.

Je viens de faire une déduction formidable.

J'étais couché. Impossible de m'endormir. J'entendais des glissements, des frôlements, des craquements partout. C'était l'imagination, naturellement. Pour me calmer, je me suis mis à réfléchir. Et l'idée m'a sauté à l'esprit.

Tout à l'heure, pour me mettre plus vite en sûreté, je suis descendu du troisième à cheval sur la rampe d'escalier.

Pourquoi, aussitôt après le meurtre de Lemmel, l'assassin, qui n'a pas pu s'enfuir par la fenêtre et la gouttière (l'investigation directe me l'a prouvé), pourquoi n'aurait-il pas eu la même idée que moi : enfourcher la rampe ! C'est commode : on file sans bruit. Cela expliquerait que Raymon, si vite qu'il ait couru sur le palier du deuxième, ait manqué le meurtrier. Quatre ou cinq secondes de gagnées, c'était suffisant. D'autant qu'à la suite du court-circuit on ne voyait rien.

Je crois que je tiens là une idée colossale. Elle mérite que je m'y arrête. Si cette théorie de la rampe est vraie, elle confirme la plus importante de mes déductions : celle qui dit que l'assassin fait partie de la pension. En effet, pour penser à se laisser couler sur une rampe, il faut :

a) être un gosse,

ou bien :

b) avoir surpris des gosses en train de le faire. Autrement dit : vivre dans un milieu d'enfants.

La meilleure preuve est que Raymon, tout policier qu'il soit, n'a pas envisagé cette hypothèse. »

— Bravo, André ! interrompit M. Mirambeau. C'était supérieurement raisonné ! Vous auriez toutefois pu ajouter une observation !

— Laquelle ?

— Qu'il fallait un enfant pour faire cette déduction !

Fût-ce à cause de ce mot, enfant, qui, appliqué à lui, le choquait : Baume devint pourpre.

« *Cette première découverte m'a conduit à étudier la question du*

COURT-CIRCUIT

N'oublions pas qu'il s'est produit deux ou trois secondes avant la chute et le cri de Lemmel. Je viens de constater que ce court-circuit favorisait la fuite de l'assassin. N'y a-t-il pas là une coïncidence bien étonnante et ne serait-il pas plus simple d'imaginer que l'assassin a provoqué le court-circuit afin d'assurer sa fuite ?

Mais lui a-t-il été possible de le provoquer ?...

Réponse : oui.

Au troisième, près du dortoir des grands, il existe, à dix centimètres du sol, une prise de courant. Avec une prise de courant et un bout de fil de fer recourbé, c'est facile de provoquer un court-circuit. (Par exemple, je suppose qu'on prend une jolie secousse dans les doigts !) Raymon, lui aussi, a noté une observation au sujet de cette prise de courant et du court-circuit. Mais il n'a pas poussé plus loin son raisonnement, étant obsédé par sa théorie de la gouttière.

Sur le palier du troisième, tandis que Lemmel est appuyé à la rampe et vomit, l'assassin provoque le court-circuit, soulève et jette dans le vide Lemmel qui pousse un cri, puis il enfourche la rampe...

Un peu plus tard.

Je ne peux toujours pas dormir.

Il me semble que quelque chose cloche dans ma théorie. J'ai dit : "L'assassin provoque le court-circuit, soulève et jette dans le vide Lemmel qui pousse un cri."

Je m'aperçois que je raisonne comme si Lemmel n'avait été capable d'aucune réaction. Mais il me semble que, lorsque la lumière s'est éteinte brusquement, Lemmel a dû se redresser, se rejeter en arrière. En outre, saisi par son agresseur, est-il vraisemblable qu'il n'ait pas résisté, ne se soit pas cramponné à la rampe ou à un barreau, n'ait pas appelé ? Il était ivre, je ne l'oublie pas. Mais je n'oublie pas non plus que, quelques instants auparavant, il secouait énergiquement le bouton de la porte de Benassis en proférant des menaces. De plus, il était grand, plutôt fort, et lourd.

Supposons au contraire ceci : l'assassin surprend Lemmel affalé sur la rampe. Il l'assomme à demi d'un coup de matraque. Ensuite, il le soulève en toute tranquillité et l'installe en équilibre sur la rampe. Il provoque ensuite le court-circuit, chevauche vivement la rampe et peut, de la sorte, commencer sa descente à la seconde même où il fait basculer le corps.

Mais alors ?... le cri ?

Si Lemmel est assommé, il n'a pu crier !

Qui donc aurait crié à sa place ? Il n'y a là que l'assassin et sa victime. Ce n'est tout de même pas l'assassin qui a crié !

J'ai l'impression que je nage en pleine invraisemblance, que je déraille. Mieux vaut dormir. Il faut absolument que je dorme. Seulement, je ne peux pas. J'ai peur. J'aimerais bien que l'Œuf soit ici à discuter avec moi de toutes ces choses. Il est fort comme un Turc, l'Œuf. On est rassuré, avec lui. Tout seul, j'ai salement la frousse... »

Baume releva le front, son regard erra sur les visages des élèves rassemblés devant lui. Il revivait, au fur et à mesure de la lecture, les étapes de cette nuit de fièvre, traversée d'angoisses, au cours de laquelle il avait découvert la vérité.

Et les enfants qui l'écoutaient se représentaient sans peine la situation qui avait été la sienne. Ils la vivaient, cette nuit, aussi intensément que si chacun d'eux en avait été l'acteur solitaire.

« Tout seul, j'ai salement la frousse... »

C'était compréhensible... Ils auraient tous eu la frousse, à la place de Baume. Les plus sincères s'avouaient même qu'ils n'auraient pas eu son cran.

Baume reprit sa lecture.

« Un peu plus tard.

Eh bien, non ! Je ne déraillais pas.

C'EST L'ASSASSIN QUI A CRIÉ ! ET JE SAIS POUR-QUOI !!!

Au moment où il faisait basculer Lemmel assommé et où il commençait à se laisser glisser lui-même sur la rampe, le meurtrier a crié dans le but d'amener ceux qui entendaient le cri à situer exactement l'instant du crime d'après le cri. En effet, le bruit de la chute du corps aurait pu ne pas être suffisant pour alerter. Or il était de toute nécessité, pour la réussite du plan de l'assassin, que l'instant du crime pût être déterminé sans chance d'erreur possible par tous ceux qui se trouvaient à la pension. Ainsi, l'impossibilité apparente de la fuite ferait écarter l'idée du crime et amènerait à conclure au suicide ou à l'accident. En tout cas, même si l'hypothèse du crime était retenue, l'assassin bénéficierait d'une sorte d'alibi puisque, à moins d'imaginer le truc de la rampe, on admettrait qu'il n'avait pas eu le temps matériel de s'enfuir du troisième.

QUESTION

Qui, cette nuit-là, a été vu aussitôt après le crime aux étages inférieurs de la pension ou dans les environs immédiats du bâtiment principal ?

RÉPONSE

Darmion, Planet, Donadieu, Boisse...
Darmion.
Il s'en allait. On a entendu le bruit de la porte cochère qui se refermait. À éliminer. Déjà trop éloigné.
Planet.
Dans la cour des petits. Bien éloigné, lui aussi. Sans

compter qu'il risquait de se rencontrer dans le hall avec Donadieu.

Donadieu.

Dans le hall. À éliminer. D'abord, il n'aurait pas eu le temps de dégringoler les trois étages. Le policier l'aurait aperçu avec sa lampe électrique. Ensuite, on n'imagine pas ce vieux bonhomme à cheval sur une rampe. C'est absurde.

Boisse.

Au premier. Ça, c'est matériellement possible. Mais c'est aussi absurde. Le directeur dégringolant les étages sur la rampe !... Soyons sérieux !

En attendant, voilà deux découvertes de taille ! Je constate, d'après ses notes, que le policier nage complètement. Il s'empêtre dans son histoire d'espionnage.

Toutefois, soyons juste ! Ses déductions à propos d'une surveillance exercée sur Lemmel sont intéressantes.

Jeudi 23. Matin.

J'ai exposé mes théories à l'Œuf. Il m'a fourni un argument de plus, concernant le cri. D'après lui, un homme dans l'état d'ivresse où se trouvait Lemmel n'aurait pas crié, même si l'on n'avait pas pris auparavant la précaution de l'assommer. Il serait tombé sans se rendre compte de ce qui lui arrivait. C'est possible. Je ne suis pas ferré sur ces questions. En tout cas, cela renforce mon hypothèse : c'est l'assassin qui a crié ! »

Une fois encore, Baume fit une pause, sans se soucier de l'exaltation ni de l'impatience de son auditoire.

Avant de poursuivre, il respira profondément, comme si ce qui lui restait à dire était plus grave que le reste.

En effet, ce l'était.

« Jeudi 23. Trois heures moins le quart, après-midi.
JE VIENS DE VOIR L'ASSASSIN. »

Une vaste rumeur s'éleva. De toutes les poitrines, la même interrogation jaillit :

– Qui est-ce ?

– Je ne puis vous le révéler, répondit Baume. Pas encore.

M. Mirambeau lui jeta un regard étonné. Pourquoi en avoir dévoilé autant, si c'était pour taire l'essentiel : le nom ?

Mathieu Sorgues, surpris lui aussi, s'agita sur le bloc de meulière.

– Pourquoi ne le dis-tu pas ? chuchota-t-il.

– Je ne le dis pas parce que… Mais ce serait trop long à t'expliquer, répliqua Baume sur le même ton. Tu penses bien que j'ai mes raisons.

Il reprit :

« JE VIENS DE VOIR L'ASSASSIN.
Je m'étais glissé dans la classe de sciences, pour me livrer à de nouvelles investigations. Un homme est entré. J'ai pu me cacher sous l'estrade. J'ai vu l'homme retirer Martin du placard et pénétrer dans le mur ! Cela m'a suffoqué, d'abord, puis j'ai compris qu'il y avait là une porte donnant sur un cagibi dont je n'avais jamais entendu parler. J'ai vu

253

ensuite l'homme ouvrir une fiole, verser du liquide sur le parquet, en éponger une partie et se retirer après avoir remis Martin en place. Je suis allé étudier la chose de près : le liquide était de l'encre rouge !

Dans quel but l'homme a-t-il renversé de l'encre ?

J'ai visité le cagibi et j'ai trouvé, sur une étagère, un matériel à photo et à dessin. C'est vraiment à devenir fou !

Vendredi 24. Minuit.

Raymon a découvert la tache d'encre et, du même coup, le cagibi. J'ai longuement réfléchi, je crois que je tiens le mot de l'énigme, comme dirait Sorgues.

L'homme à l'encre rouge est sûrement l'assassin.

Il aura deviné que Raymon était un policier. Il l'a épié, il a surpris la conversation entre Benassis et Raymon sur l'espionnage. Je pense qu'il a renversé l'encre rouge pour attirer l'attention du policier et l'amener à découvrir le cagibi et le matériel photographique afin de renforcer sa foi en la théorie de l'espionnage. Ça n'a d'ailleurs pas raté ! Il n'est pas fort, décidément, ce Raymon ! Moi, je tire au contraire la conclusion qu'il ne s'agit pas d'espionnage. Seulement voilà : de quoi peut-il s'agir ?

Il paraît qu'il va y avoir à Saint-Agil une conférence sur le pôle Sud, demain, par un nommé Pointis. Un vrai explorateur, m'a dit l'Œuf. Je regrette de ne pas pouvoir y assister.

Samedi 25. Sept heures du soir.

J'AI TOUT COMPRIS !

Cet après-midi, je me livrais à des recherches dans le vestiaire des petits quand il est arrivé des mômes de la

sixième. Je me suis caché dans un placard et je les ai enten-
dus comploter. La conférence leur avait tourné la cervelle,
ils parlaient de fonder une bande, à la rentrée. Les Compagnons de l'Antarctique ! Quelque chose dans le genre de
l'association des Chiche-Capon, en somme ! Ça m'a bien
amusé ! Mais ne nous écartons pas de l'affaire.

Il y en a un qui a dit : "Et l'argent ? Il faut un trésor pour
la bande !" Un autre a répondu : "On fabriquera des billets
de banque avec des papiers bleus, verts, etc."

Ça a été un trait de lumière pour moi.

FAUSSE MONNAIE !

La nuit, dans le cagibi, Lemmel devait graver des plaques
de cuivre, reproduire des billets de banque. D'où l'appareil
pour agrandissements photographiques, le matériel à dessin,
les réactifs, les acides. Tout s'enchaîne.

Lors de sa venue dans la classe de sciences, durant la nuit
du 11 au 12 juin, Sorgues aura surpris le secret. Résultat :
son enlèvement le lendemain. Je suppose que la disparition
de Macroy, le 7 juillet, a eu la même cause.

Pour une aventure, c'est une aventure !

Un peu plus tard.

J'ai conféré avec Mirambeau. Il n'en revient pas. Pour
dire la vérité, il reste un peu sceptique. Néanmoins, nous
avons convenu que, tout à l'heure, pendant le dîner, je pro-
voquerai un court-circuit, puis je jouerai quelques mesures
de la Marche funèbre de Chopin. Lorsque l'on montera,

on ne trouvera que Martin au piano de la classe des sciences ! Cela troublera peut-être l'assassin suffisamment pour qu'il commette une imprudence. Il ne faut pas oublier qu'on manque encore des preuves suffisantes pour l'arrêter et que l'on ignore toujours où Sorgues et Macroy sont séquestrés – en admettant qu'on ne les ait pas tués.

Même jour. Onze heures du soir.

Je sors de chez Raymon. Je m'étais introduit dans sa chambre afin de lui révéler ma présence à la pension, mon enquête étant terminée. Nous avons eu un entretien auquel a assisté l'Œuf. Quelle tête il faisait, le policier, quand je lui ai développé mes déductions ! En tout cas, je l'ai convaincu.

Demain, lui et l'Œuf ne vont pas perdre de vue l'assassin.

Lundi. Cinq heures de l'après-midi.

Ça y est ! Raymon a surpris ce matin l'assassin en train de glisser un billet à un fournisseur de la boîte. Un maraîcher. Une brute du nom de César. Il l'a fait filer par un des hommes qu'il a en ville. On sait maintenant où sont séquestrés Sorgues et Macroy. C'est à treize kilomètres d'ici, sur la route de La Ferté-sous-Jouarre, dans une bicoque en plein champ.

On y va en expédition cette nuit. Il y aura moi, naturellement, l'Œuf, Raymon et un de ses hommes. M. Quadremare, le père de Sorgues et le commissaire de Meaux sont prévenus. »

Baume ferma son carnet.

– C'est tout, dit-il. L'expédition a réussi, sauf que l'on n'a pas retrouvé Macroy avec Sorgues. Je vous garantis qu'il y a eu une belle bagarre, hier soir, du côté de La Ferté ! Quand M. Mirambeau a fait éclater la porte, d'un coup d'épaule, j'ai eu l'impression que mon cœur me remontait dans la gorge… Et l'assaut, ensuite…

Il passa une main sur son visage tailladé par les éclats de vitre. Ce geste était plus éloquent que toute parole. Les élèves considéraient avec une admiration sans limite les deux héros de l'aventure, mais, surtout, André Baume. M. Mirambeau souriait.

– Alors ? L'assassin ? jeta un élève.

– Eh bien ?

– Qui est-ce ?

– Je vous ai déjà dit qu'il ne m'était pas possible de révéler son nom maintenant.

– Pourquoi ça ? Il n'est pas encore arrêté ?

Baume écarta les bras :

– Je ne peux pas répondre… Inutile d'insister. Je ne peux même pas me permettre de dévoiler pourquoi je ne peux pas répondre ! Ainsi…

Cette déclaration sibylline porta à son comble la curiosité des collégiens qui, par petits groupes, se livrèrent à mille conjectures.

– Pour moi, c'est Benassis…

– Mais non ! Benassis marchait avec le policier…

– Qu'est-ce que ça prouve ? Il faisait mine !

– Moi, je vous parie que c'est le père Boisse…

– Tu es fou ? C'est Donadieu ! Rappelez-vous : ses airs de s'occuper de reliures, le soir du crime…

– Penses-tu ! C'est sûrement Planet. Baume a surpris Raymon en train de le guetter, pendant une promenade. Ce n'était pas pour des prunes…

– Et Darmion, qu'est-ce que vous en faites ?

Chacun s'efforçait de jouer les Sherlock Holmes. L'excitation était prodigieuse.

– Ce qui m'intrigue le plus, c'est qu'il ne veuille même pas expliquer pourquoi il est obligé de cacher le nom de l'assassin.

– Tiens ! Parce qu'on n'a pas encore retrouvé Macroy. Macroy est peut-être en danger de mort, si ça se trouve !

– Moi, j'ai une idée, dit Fermier, le Cafard. On n'a pas retrouvé Macroy parce qu'il n'a jamais été séquestré ! Et il n'a pas été séquestré parce que c'est lui l'assassin ! Baume n'ose pas l'avouer. Macroy était son copain…

– Macroy, l'assassin ? Tu es malade !

Sur la route longeant la voie du tortillard, on vit arriver une voiture automobile. Elle stoppa à la hauteur de la troupe de collégiens. Deux hommes s'y trouvaient. C'étaient des policiers – de ceux qui ne cessaient, depuis de longs jours, de rôder par les rues de Meaux. L'un d'eux s'avança rapidement.

– Mes amis, déclara M. Mirambeau aux élèves, vos camarades Baume et Sorgues ainsi que moi-même allons devoir partir. Vous achèverez la promenade sous la conduite de ce monsieur. Je compte que vous aurez à cœur de ne pas profiter des événements pour manquer à la discipline.

Le nouvel arrivant était, d'une manière surprenante, représentatif du type conventionnel de policier imaginé par les journaux satiriques et les romans d'aventures : épaisse moustache, chapeau melon, costume sombre, lourde canne, fortes chaussures. À croire qu'il le faisait exprès !

— J'ai mis les élèves au courant, lui confia André Baume, mais je ne leur ai pas dit le nom du meurtrier.

L'homme s'étonna.

— J'ai mes raisons ! fit le collégien.

— Compris ! dit le policier en considérant le numéro 7 avec admiration. Je ne mangerai pas la consigne. Fiez-vous à moi.

Lorsque la voiture emmenant Sorgues, Baume et M. Mirambeau eut viré et disparu, les élèves se groupèrent autour du policier.

— Le plus court pour revenir à la pension ? s'enquit ce dernier.

— Il faut passer sous le canal par l'aqueduc, et ensuite…

— Bien ! Si vous n'y voyez pas d'inconvénient, nous piquerons par là, dit le policier en désignant une direction opposée. Nous ne sommes pas pressés de rentrer ! Nous allons faire le grand tour…

Sur les pas de l'homme moustachu, la troupe s'ébranla. L'automobile cependant fonçait vers Meaux. C'était une quatre-places bizarre de ligne, exagérément longue mais très étroite : on y était mal à l'aise. M. Mirambeau s'était logé tant bien que mal à l'avant, auprès du chauffeur.

Sorgues et Baume se tenaient à l'arrière.

– Pousse-toi un peu, dit Baume. Tu prends toute la place !

Sorgues, en guise de réponse, grogna.

Peu après, l'auto s'arrêtait devant le commissariat de police.

Dès le seuil, une bouffée d'orgueil envahit le numéro 7.

Outre le commissaire, M. Raymon, M. Quadremare et M. Sorgues père, se trouvaient là le maire de Meaux, le préfet de police et une demi-douzaine de journalistes et photographes venus de Paris pour le compte de grands quotidiens.

Le préfet de police tendit la main à André Baume.

– Jeune homme, je vous félicite chaudement ! Grâce à vous, nous allons réussir un coup de filet magnifique. Il y a en vous l'étoffe d'un grand détective. Vous avez mené cela magistralement…

Baume eut ensuite à recevoir les compliments du maire.

Les photographes braquaient leurs appareils, les journalistes préparaient leurs stylos. Baume, la fièvre aux tempes, éprouvait au milieu de cet enthousiasme l'impression exaltante de grandir, de devenir immense.

La tête lui tourna. Sa vision se brouilla, il passa une main sur son front, sentit qu'on le poussait vers une banquette, qu'on le contraignait doucement à s'asseoir. Cette faiblesse ne dura d'ailleurs qu'un instant. Lorsqu'elle fut passée, Baume constata que Sorgues s'était assis à côté de lui. Cela le fit sourire intimement.

« Sacré Mathieu, va ! se dit-il. Il ne me quitte pas d'une semelle… »

Tout de même, comme Sorgues se tenait très près :

— Recule-toi un peu, murmura-t-il. Tu vois bien que je suis presque au bout de la banquette ! Tu es agaçant à la fin !

Les journalistes avaient décapuchonné leurs stylos, ouvert leurs calepins.

— Le nom du meurtrier ? demandèrent-ils d'une seule voix.

M. Raymon ouvrit la bouche, mais Baume le devança.

— Pas encore, déclara-t-il avec autorité.

— Comment, pas encore ? s'étonna le préfet de police.

— Excusez-moi, monsieur le préfet, mais certaines raisons, qu'il ne m'est pas possible de révéler pour l'instant, rendent le silence nécessaire. Je demande à tous ceux auxquels j'ai dévoilé l'identité de l'assassin de se taire pendant quelques heures encore.

— Pourquoi cela ? Expliquez-vous ?

Le collégien sourit, leva un doigt.

— Vous n'avez sûrement pas oublié les événements du 7 juillet...

Le 7 juillet... Le jour de la disparition de Macroy... Tous revirent, cocasse dans son costume de velours raide, le long garçon se hâtant incompréhensiblement, tête nue, sur la route de Lagny.

— Encore un peu de patience... dit Baume.

Il se faisait l'effet d'un personnage fabuleux, un de ces maîtres du Mystère qui, dans les livres, semblent prendre un malin plaisir à faire tirer la langue, jusqu'à la dernière seconde, à leurs auditeurs, gardent jalousement leurs secrets et, à toutes questions, se contentent de répondre :

– Encore un peu de patience... L'instant n'est pas venu... Dans une demi-heure... dans un quart d'heure... dans cinq minutes, je parlerai...

Le préfet de police eut un geste d'agacement. Il se pencha :

– Le nom ? chuchota-t-il, autoritaire.

– Le nom ?

– Le nom de l'assassin... Veuillez me le révéler immédiatement. Je ne suis pas de ceux avec qui l'on peut se permettre de faire le mystérieux. Je suis le préfet de police. Vous comprenez ? *LE PRÉFET DE POLICE...*

– Oui, oui... certainement, monsieur le préfet de police, je vais vous révéler le nom de l'assassin...

Baume ouvrit la bouche, très grande.

– C'est... c'est...

– Eh bien ? Qu'attendez-vous ?

– Je...

Baume toucha sa gorge. Il avait un visage congestionné. Il balbutia :

– Je... ne... *PEUX PAS...* le dire !... Je sens comme une boule, là, qui m'étrangle...

Sorgues lui donna un violent coup de coude dans le côté.

– Pourquoi ne parles-tu pas ?... C'est ridicule !

– Espèce d'imbécile, jeta Baume, à qui la fureur avait soudain rendu la voix, tu n'as pas bientôt fini de me pousser ? Tu vas me faire tomber...

Sorgues, comme s'il n'eût pas entendu, le poussa encore...

Et Baume, criant : « Tu me fais tomber, idiot ! », dégringola sur le parquet et s'éveilla.

Il ouvrit les yeux et reconnut la chambre d'hôtel où l'avait conduit la veille au soir le policier Raymon. Il était en chemise, étendu sur la carpette. Dans le lit, Sorgues dormait encore. Il occupait toute la largeur de la couche. Peu à peu, au cours d'un sommeil agité, il avait refoulé Baume vers l'extrême bord, si bien qu'enfin le numéro 7 était tombé !

Il avait rêvé le départ en promenade, la lecture du journal, la randonnée en auto jusqu'au commissariat ! Rêve : les félicitations du préfet, du maire. Rêve : la fusillade des photographes, les interviews des reporters… Rêve combien naturel après les événements de ces derniers jours.

Baume, sur la carpette, se frotta les reins avant de se redresser. Il passa un doigt sur ses joues tailladées et sourit.

Rêve ? Sans doute. Mais l'essentiel était réalité. Son enquête, le journal rédigé à Saint-Agil dans la chambre de l'Œuf, où il avait consigné au jour le jour le résultat de ses investigations : tout cela était réel. Réels, l'expédition de la bicoque de Changis-Saint-Jean, l'assaut, la délivrance de Sorgues. Et réel, hélas, le fait que l'on demeurait toujours dans l'ignorance du sort de Philippe Macroy.

Mais le nom de l'assassin, ce nom que, durant son rêve, par une fantaisie absurde bien du domaine des rêves, il s'était obstinément refusé à révéler, ce nom, Baume l'avait réellement découvert.

Le numéro 7 se leva, rangea les couvertures en désordre, repoussa doucement Sorgues. Celui-ci grogna. Baume lui donna une claque amicale sur l'échine :

– Eh bien, mon vieux, qu'est-ce que tu peux gigoter, toi, la nuit ! Tu n'as pas l'air de te douter que tu m'as vidé du plumard…

– Oui, c'est ça, Julien, du café noir… fit Sorgues qui était toujours long à reprendre ses esprits et se croyait encore dans la bicoque de Changis-Saint-Jean.

À ce moment, des coups précipités furent frappés à la porte. Sorgues sursauta, effaré, promena autour de lui un regard trouble.

– C'est l'attaque, murmura-t-il. César…

– Idiot ! lui lança Baume en riant. Tu retardes !

Il alla ouvrir la porte. M. Raymon entra.

– Bonjour, les enfants. Bien dormi ?

– Moi très bien ! répondit dans un bâillement Mathieu Sorgues, enfin revenu à une conscience nette du lieu et de la situation.

– Moi, dit Baume, d'une voix étrange, comme lointaine, j'ai fait un rêve…

Il alla s'accouder à la fenêtre. Elle donnait sur la place qui mène à la gare. Des gens se hâtaient. Sur la gauche roulait, au pied des jardins, la Marne couleur de sable… Le soleil se levait.

– Qu'est-ce que tu regardes ? questionna Sorgues, une chaussette à la main.

– Rien.

Baume disait vrai et mentait tout ensemble.

Il ne voyait ni la place, ni les jardins, ni les gens, ni le fleuve.

Dans cette aube lumineuse, il songeait à l'existence merveilleuse qui pourrait être la sienne, un jour, s'il le voulait. Devenir un de ces maîtres du mystère, un de ces débrouilleurs d'énigmes que le monde admire...

Il se retourna, brusquement, avec un visage changé.

Il le serait : c'était décidé.

Benassis-la-Guerre

Au fronton de la pension Saint-Agil, l'horloge sonna 9 heures.

Rapidement, MM. Raymon, Mirambeau, Sorgues, Quadremare et le commissaire de police montèrent l'escalier principal. André Baume et Mathieu Sorgues venaient sur leurs talons. Au premier, le groupe fit halte devant le bureau de M. Boisse.

De bonne heure dans la matinée, le directeur et l'économe étaient rentrés de Paris où ils s'était rendus, la veille, pour régler des questions de comptabilité avec deux financiers propriétaires de la pension, dont M. Boisse n'était que directeur et administrateur.

M. Raymon regarda par le trou de la serrure. MM. Planet et Donadieu étaient avec M. Boisse.

Le moniteur entra le premier dans la pièce.

– Monsieur le directeur, fit-il, vous apprendrez avec joie que nous sommes parvenus, avec l'aide de l'élève André Baume, à retrouver l'élève Mathieu Sorgues.

Les trois hommes s'étaient levés, au comble de la stupeur.

Sur le bureau du directeur se trouvaient des registres de comptabilité, des cahiers de notes relatives aux collégiens, des bulletins destinés à être envoyés aux parents.

– Que signifie tout cela ? balbutia M. Donadieu.

– Vous allez le savoir, monsieur l'économe.

M. Boisse et M. Planet s'étaient adossés à la muraille. Le préfet de discipline tourmentait une énorme gomme « Éléphant ».

– Un instant, monsieur Raymon, coupa M. Boisse de ce ton cassant qui lui était habituel. Qui êtes-vous réellement ?

– Inspecteur Pèlerin, commissaire spécial à la Sûreté générale. Service des Recherches.

– Ah !... Fort bien !

M. Donadieu s'était effondré sur un siège ; son visage se violaçait, ses joues, ses mains tremblaient.

– Monsieur Boisse, dit le commissaire de police, je dois vous arrêter pour fabrication de fausse monnaie, enlèvement et séquestration des élèves Mathieu Sorgues et Philippe Macroy, et homicide volontaire sur la personne de votre complice Lemmel – en attendant que les polices étrangères vous demandent, elles aussi, des explications. J'ajoute que vous avez intérêt à reconnaître les faits de bonne grâce. Cette nuit, à Paris, les démarches auxquelles vous vous êtes livré pendant le sommeil de M. Donadieu ont été observées et, à l'heure actuelle, vos complices sont sous les verrous.

– Fausse monnaie ? balbutia l'économe. Vous prétendez que l'on fabriquait de la fausse monnaie à Saint-Agil ? C'est insensé !

– On n'en fabriquait pas, dit le policier ; on gravait des plaques, simplement. Lemmel se livrait, la nuit, à ce travail dans le réduit attenant à la classe de sciences.

– Quel réduit ? s'écrièrent ensemble MM. Planet et Donadieu.

– Vous n'en connaissiez pas l'existence ? Je n'en suis pas surpris ! Un matériel complet était caché là. Lemmel, excellent dessinateur, était indispensable à la bande internationale dont M. Boisse était l'un des grands chefs. Buveur impénitent, il était pratiquement cloîtré à Saint-Agil et étroitement – encore qu'anonymement – surveillé par Boisse.

– Mais Sorgues, Macroy... Quel rapport entre leur disparition et...

– Bien simple !

« Dans la nuit du 11 au 12 juin, Sorgues se rend en cachette dans la classe de sciences pour y travailler à son roman *Martin, squelette*, ainsi qu'il avait l'habitude de le faire. Toutefois, il s'y rend plus tard que les autres nuits parce que M. Planet n'en finissait pas de passer et repasser dans le dortoir.

« À peine Sorgues a-t-il écrit une dizaine de lignes qu'il entend des grincements. Il suppose naturellement que ces bruits sont causés par l'approche de M. Planet. Il fait l'obscurité et se cache dans le placard de Martin.

« C'est alors qu'il fait une découverte. Au pied du mur : un filet de lumière. Sorgues examine mieux et comprend : il y a là une porte. Par le trou de la serrure, Sorgues jette un regard. Dans un cagibi, un homme se tient assis à une table. Sorgues le voit de biais, il ne peut distinguer le visage, mais aperçoit distinctement les mains. L'homme burine une plaque de cuivre. Sur la table, des billets de banque, un revolver. Terrifié, Sorgues range toutes choses silencieusement et s'enfuit. Le lendemain il n'a de pensée que pour ce qu'il a surpris dans la nuit. Il est distrait. Les mauvaises notes pleuvent ; finalement, M. Mirambeau le met à la porte de l'étude. Après son passage chez M. Planet, il prend le parti de se présenter chez M. Boisse. Il va de soi que révéler sa découverte implique l'aveu des voyages clandestins à la classe de sciences et des rédactions de documents "Chiche-Capon". C'est le renvoi certain, mais le secret est trop lourd : il faut que Sorgues parle. Et à qui se confier, sinon au plus haut personnage de Saint-Agil, au directeur ? Mais voyez la malchance ! Le directeur est précisément le chef des faux-monnayeurs ! Boisse joue une comédie, déclare avoir eu lui-même des soupçons, et demande à Sorgues s'il a révélé cette découverte à d'autres qu'à lui.

« — Non, répond l'élève.

« Il dit vrai : il n'a pas osé.

« Boisse écrit alors une lettre et la remet, cachetée, à Sorgues.

« — Vous allez porter immédiatement ce mot à son adresse ; c'est celle d'un détective. Il s'occupera de l'affaire. La mission que je vous confie est une mission de confiance. Pas un mot à qui que ce soit.

Furtivement, durant ces explications, Mathieu Sorgues regardait à la dérobée le directeur, comme s'il eût redouté, même à ce moment, une réprimande.

– Sorgues, reprit le policier, croit aveuglément ce que lui dit Boisse. Il se laisse conduire à la porte du parc, reçoit l'argent du voyage, part. Vous devinez la suite. Le pseudo-détective est un complice. Sorgues est sur-le-champ saucissonné, bâillonné et conduit en voiture dans la maison de Changis-Saint-Jean. Moins d'un mois plus tard, Macroy est enlevé à son tour, pour les mêmes raisons.

Le directeur est un geste vif.

– Je n'ai pas fait enlever Macroy : je ne suis pour rien dans sa disparition.

– Alors ? cria M. Quadremare, où peut-il être ?

– En route, vraisemblablement, pour Chicago où il compte rejoindre son ami Mathieu Sorgues ! Je souhaite qu'il ne lui soit rien arrivé de fâcheux. Car il a pu se faire qu'une nécessité impérieuse me contraigne à séquestrer un enfant – mais, si paradoxal que cela semble, il n'empêche que j'aime les enfants.

– Nous n'en doutons pas, ironisa le commissaire. En tout cas, l'idée de vous livrer à votre trafic de fausse monnaie sous les apparences, hautement honorables, d'un directeur de pension, était astucieuse !

– Saint-Agil, riposta M. Boisse d'une voix méprisante, était pour moi davantage qu'une façade destinée à écarter les soupçons. J'aime les enfants, je le répète. Mais que m'importe votre opinion…

Il eut un haussement d'épaules et marcha vers Pèlerin.

– Je suis prêt à vous suivre.

Avant de passer le seuil, M. Boisse promena son regard autour de la pièce et sur les visages figés de ceux qui avaient été, si longtemps, ses collaborateurs. Il l'arrêta sur la face tailladée d'André Baume. Son expression n'était pas méchante.

Néanmoins, celui-ci, qui n'avait pas encore digéré l'humiliante lecture qui lui avait été infligée, un jour, des documents « Chiche-Capon », et que son triomphe grisait, ne résista pas au plaisir de s'offrir une satisfaction un peu cruelle. Il prit un crayon et frappant trois coups sur le rebord de la table, il adressa au directeur de la pension la phrase qui, tant de fois, était tombée des lèvres des maîtres, à son intention et à celle de ses condisciples.

— Vous pouvez aller !

— Baume ! Baume ! protesta M. Quadremare, vous abusez !...

L'émotion mouillait les prunelles de M. Donadieu. Cette eau encombrait ses sinus ; son polype sifflait.

— Mon petit 95... mon petit 7... rabâchait-il.

Ou bien :

— Pauvre M. Boisse... Pauvre Lemmel... Où allons-nous, mon Dieu !...

Le commissaire Pèlerin s'approcha du préfet de discipline.

— Laissez-moi vous présenter des excuses. Figurez-vous que je vous ai tenu, ces derniers jours, pour un espion à la solde de l'Allemagne !

— Un espion, moi ?

— J'avais remarqué chez vous, au cours d'une visite, mettons... indiscrète, divers relevés de plans et des cartes d'état-major annotées. J'avais également découvert que « l'homme qui ne dormait jamais » dormait, pourtant, parfois – clandestinement, et comme « à la sauvette ».

– Quelle idée ! J'annote des cartes d'état-major, des relevés du cadastre, parce que…

En dépit du trouble où l'avaient plongé la révélation des faits que l'on connaît et l'arrestation du directeur, M. Planet ne put s'empêcher de sourire :

– … parce que, acheva-t-il, je souffre, ainsi que ma sœur, d'une maladie que je crois héréditaire : la maladie du papier timbré. Ma sœur a hérité de son mari plusieurs immeubles de rapport à Meaux, et des propriétés dans les environs. Elle et moi, nous avons la manie des procès. À nous deux, nous faisons assez Chicaneau et comtesse de Pimbêche. J'étudie donc attentivement, à mes instants de loisir, les propriétés de ma sœur afin de la documenter de telle sorte qu'elle puisse intenter à certains voisins mauvais coucheurs – Dieu sait s'il y en a par tous pays – de bonnes petites actions interminables. Avec des questions de bornes, de murs mitoyens ou de droit de passage sur tel sentier perdu, on peut remplir agréablement une existence !

« Quant à mes sommeils…

Il sourit de nouveau.

– J'avoue qu'il m'arrive de dormir, contrairement à ce que l'on prétend. Toutefois, je dors très peu. Une heure ou deux d'assoupissement quotidien me suffisent. Ayant constaté que je tirais le plus clair de mon prestige et de mon autorité, à Saint-Agil, de ma réputation d'homme ne dormant jamais, que les élèves acceptaient au pied de la lettre, j'ai pris quelques précautions destinées à renforcer ma légende !

– Je sais tout cela depuis avant-hier soir, monsieur le préfet de discipline. Cette idée d'espionnage était le résultat d'une psychose, si je puis dire – la psychose de la guerre. Je la devais à M. Benassis. Qui voit la guerre imminente voit partout des espions ! Heureusement la psychose de la guerre épargne en général les enfants…

ᴓ

En remplacement de M. Boisse incarcéré, le préfet de discipline assuma la direction de la pension. Le licenciement général des élèves devait avoir lieu dans l'après-midi.

La tradition, à Saint-Agil, voulant qu'à chaque fin d'exercice scolaire on procédât à la cérémonie de l'enterrement des classes, une dernière promenade fut décidée. M. Mirambeau la conduisit. Mathieu Sorgues et André Baume y prirent part. Une demi-douzaine de collégiens serraient chacun sous l'aisselle une caissette de sapin renfermant une bouteille cachetée, laquelle contenait un parchemin. Ce document portait, avec un « Adieu à la classe » généralement rédigé en vers, les noms des élèves qui en avaient fait partie, l'année durant.

On passa près du canal de l'Ourcq.

Le soleil en frappait durement la surface.

Le courant était si faible que les plus jeunes parmi les

élèves ne résistaient pas à la tentation de jeter des brins d'herbe, des morceaux de papier sur l'eau, pour s'assurer qu'elle coulait vraiment.

— Alors, où est-ce qu'on les enterre ?

— Si on traversait par l'aqueduc ? suggéra André Baume. On pourrait les enterrer derrière ce bois, là-bas...

La troupe des collégiens s'engagea sous le tunnel humide. Des petits faisaient : « Ho ! Ho !... » pour étudier la résonance.

Baume souriait dans l'ombre. Ce n'était pas pour rien qu'il avait proposé cet itinéraire. Il savait, pour l'avoir vu bien des fois, que se trouvait de l'autre côté du bois un quartier de meulière : ce même bloc de pierre sur lequel, la nuit précédente, il s'était imaginé juché et d'où il avait, en songe, donné lecture de son journal à ses camarades.

Les détails du rêve étaient tellement précis, s'ajustaient si exactement à la réalité, que, même maintenant, Baume éprouvait presque l'impression qu'il n'avait pas cessé de rêver.

L'eau morte... Les brindilles, les morceaux de papiers livrés au courant... les « Ho ! Ho ! » des petits sous l'aqueduc... C'était tout à fait comme dans le songe.

Et — comme dans le songe — l'on s'enfonçait dans le sous-bois. À l'orée du taillis, le numéro 7 s'installait sur le quartier de meulière et, toujours comme dans le songe, Sorgues venait s'asseoir au côté de son ami.

— Nous, décréta André Baume, on va enterrer notre

classe au pied de ce bloc. Les autres, débrouillez-vous comme vous voudrez.

Le cercueil de la classe de troisième dont avaient fait partie Baume, Sorgues et Macroy, contenait, outre une bouteille garnie du traditionnel parchemin, le crâne et une main du squelette Martin.

Cette fantaisie macabre avait été imaginée par Sorgues en manière d'allusion aux événements qui s'étaient déroulés à la pension.

Sur le parchemin, le fameux timbre en caoutchouc des Chiche-Capon avait été apposé au-dessous des noms des élèves.

À l'issue de la « cérémonie », Baume et Sorgues furent entourés, pressés de questions. Sorgues, après avoir fait aux copains, à sa manière fantaisiste, un récit de sa captivité dans la bicoque de Changis-Saint-Jean (il prétendait qu'on le gardait enchaîné, qu'on le privait de nourriture, qu'on le surveillait revolver au poing), conta dans un esprit identique les circonstances de sa libération.

– Ah, ça chauffait, je vous jure ! Je finissais juste de scier un des barreaux de ma lucarne avec une lime qu'on m'avait jetée d'en bas quand César est entré dans ma chambre, un poignard à la main. Je lui ai abattu une chaise sur le crâne à toute volée. Il est tombé raide, pas vrai, André ?

Ainsi que l'avait observé un jour M. Planet, la grande qualité et le grand défaut de Sorgues, c'était l'imagination. Il fallait toujours qu'il en rajoute !

– Parfaitement, déclara André Baume. C'est vrai. César est tombé raide.

– Alors, poursuivit Sorgues, je me suis précipité à la rescousse…

– Parfaitement, approuva encore Baume.

Il ajouta :

– Voilà comme on est, nous, les Chiche-Capon !

Parfois, pourtant, en dépit de leur excitation, une expression de tristesse passait sur le visage du numéro 7 et sur celui du numéro 95. Philippe Macroy, le numéro 22, leur copain… Où était-il ? Qu'était-il advenu de lui ?

Un moment après que les collégiens eurent regagné la pension, et comme ils se tenaient rassemblés, en grand uniforme dans la cour, prêts au départ pour les vacances, M. Benassis parut. Il arrivait de la ville.

Il était comme fou, brandissait une poignée de journaux, et criait :

– Ça y est, cette fois ! Avais-je raison ? On me traitait d'oiseau de mauvais augure ! Eh bien, ça y est !

– Quoi ? Qu'y a-t-il ?

On accourait, on se pressait autour de lui. Il déplia un journal et montra, annoncée en caractères énormes, cette information :

« *L'AUTRICHE DÉCLARE LA GUERRE*
À LA SERBIE

Sir Edward Grey propose, au nom de l'Angleterre, une

médiation à quatre : Grande-Bretagne, Russie, France,
Allemagne. L'empereur Guillaume II décline l'offre. La
Russie mobilise quatorze corps d'armée. L'empereur Fran-
çois-Joseph... »

— La Russie va marcher contre l'Autriche, dit M.
Mirambeau.

— Et l'Allemagne contre la Russie ! ajouta M. Benassis. Comme les Russes sont nos alliés, la France...

— Mon Dieu ! mon Dieu ! gémit M. Donadieu. Moi
qui ai vu les horreurs de 70 ! Va-t-il donc falloir...

— Dites-vous que vous n'avez rien vu, jeta M. Benassis. 70 n'aura rien été auprès du conflit qui s'annonce.
Ce sera une guerre mondiale.

— Je ne le crois pas, affirma M. Planet. En tout cas,
avec les moyens de destruction dont on dispose, il est
impossible qu'un conflit pareil dure plus de trois mois.
Mathématiquement impossible !

Il se fit un silence profond.

Tous avaient levé les yeux.

On eût dit qu'ils regardaient, dans le vide du ciel, le
squelette Martin démesurément grandi, symbole des
tueries qui se préparaient, grimacer et mener une danse
grinçante au-dessus de Saint-Agil, au-dessus de la croix
grecque.

La porte cochère claqua. Un télégraphiste parut.

— Pour M. André Baume. Un câble.

Le numéro 7 décacheta le papier bleu.

— C'est de Macroy ! s'exclama-t-il.

Il lut d'une voix bouleversée par l'émotion.

« *New York, 11 A. M. 28-7-1914.*
Chiche-Capon 22. »

New York !
Ainsi, Mac Roy avait réussi ! Le grand projet des
Chiche-Capon était réalisé !

Épilogue

— Puis-je vous troubler pour une allumette ?

L'avocat Prosper Lepicq tendit son briquet à un long gaillard basané, porteur de lunettes d'écaille, installé en face de lui de l'autre côté de la table. À sa gauche, un homme malingre, aux yeux vifs, soupira :

— Vingt ans de cela ! Et c'est plus proche que bien des choses d'hier, et même de ce matin !

Il introduisait dans une chemise un important paquet de feuillets dactylographiés.

— Puis-je vous troubler pour une allumette de nouveau ? Je m'excuse ! dit encore le gaillard basané.

À peine rallumé, son cigare s'éteignit pour la troisième fois. Il le flaira avec dégoût et le jeta dans le foyer en grognant :

– Damn it !

Il avait un accent américain très prononcé, et son visage aussi était celui d'un Américain.

– *Que pensez-vous de ma petite rédaction française ? questionna l'homme malingre.*

Le soir tombait, un soir doux et calme. On entendait des caquètements, des gloussements de volailles ; un chien aboya.

– *Il est plein de talent, ton roman ! Très palpitant ! Comment l'as-tu intitulé, au fait ?*

– *Cette question ! Martin, squelette, parbleu !*

– *Évidemment ! dit Prosper Lepicq.*

– *Évidemment ! répéta l'homme aux lunettes d'écaille.*

Après un silence :

– *C'est un beau livre, reprit-il. Tu auras une audience considérable.*

– *Une audience ?*

– *Un public, pardon ! J'ai oublié mon français, je crois ! Mais je ne comprends pas une chose.*

– *Laquelle ?*

– *Ces noms inventés ? André Baume... Philippe Macroy... Mathieu Sorgues... Et tous les autres... Pourquoi pas les vrais noms ? Prosper Lepicq... Georges...*

– *On fait toujours cela dans les romans, mon vieux ! Du moment que j'écrivais notre histoire comme un roman, j'étais obligé de changer les noms des personnages !*

– Oh yes. I get you.

– *On reconnaît très bien tout le monde, dit Lepicq. Ainsi, celui que tu as appelé Nercerot, c'est Thoumazet dans la réalité ?*

– *Thoumazet, oui ! Vous vous le rappelez ?*

L'homme aux lunettes éclata de rire.

– Thoumazet ? Je revois ! Celui qui voulait être champion cycliste ! Recordman !

– J'ai su récemment qu'il avait repris les Galeries modernes meldoises, à la mort de son père, dit Prosper Lepicq.

– How funny ! Puis-je te troubler, vieux romancier, pour un verre de cognac encore ?

Prosper Lepicq, il y avait de cela trois jours, avait appris que l'un de ses meilleurs amis d'antan, celui qui vingt années auparavant jouait les romanciers dans l'association des Chiche-Capon, à Saint-Agil, vivait encore. Il s'était fixé en Poitou dans la ferme de son père, lequel était toujours de ce monde et dont les moustaches à la gauloise, en blanchissant, n'avaient pas perdu un seul poil. En apprenant cela, Lepicq avait pris le parti de se rendre en Poitou en compagnie de son secrétaire Jugonde.

Après les premières effusions :

– Et l'autre ? avait-il demandé. Le Chiche-Capon numéro 22, dont nous avons reçu un câble de New York le jour de ta délivrance…

L'homme malingre – le Chiche-Capon numéro 95 – avait levé un doigt vers le plafond, qu'ébranlait un pas rude.

– Tu entends ? C'est lui !

– Non !

– Si ! Il m'est arrivé, il y a deux semaines, dans une Ford, figure-toi ! Incroyable, hein ? C'est pourtant comme ça ! Il venait en droite ligne des Antilles. Nous avons beaucoup parlé de toi. Nous ignorions l'un et l'autre ce que la destinée t'avait réservé. Il faut nous excuser. Je ne sors guère, pour ma part ; je n'ouvre jamais un journal. Quant à lui, il a tellement roulé, dans tant de brousses invraisemblables… Nous ne nous doutions guère que tu étais devenu une célébrité. Nous aurions dû le prévoir, cependant…

Là-dessus, le romancier avait couru au pied de l'escalier, et crié :

— Hé, voyageur, descends vite !

Un grand diable à lunettes d'écaille avait paru. Après avoir dévisagé quelques instants l'avocat :

— Hello, le numéro 7 ! s'était-il mis à brailler. Lepicq ! Ce vieux Lepicq ! Par exemple !…

À présent, ils étaient là tous trois, à boire du cognac et fumer dans la petite maison du Poitou, ces trois dont les vrais noms étaient… Mais on sait maintenant qu'André Baume, c'était Prosper Lepicq adolescent, et les noms réels des deux autres n'importent guère ici.

Dans la soirée, le romancier avait fait une lecture à ses deux amis retrouvés. Une relation des événements qui s'étaient déroulés jadis à Saint-Agil, l'aventure dont tous trois avaient été les héros à la fin du troisième trimestre de l'année scolaire 1913-1914, et qu'il s'était distrait à composer, durant les longs loisirs de sa vie rustique.

— Ainsi, conclut Prosper Lepicq, chacun de nous a suivi sa voie ! Le romancier a écrit. Le voyageur a voyagé… Au fait, où es-tu allé, vieux voyageur ; qu'as-tu fait dans cette fameuse Amérique de nos rêves d'enfants ?

— Well ! dit le voyageur avec un rire sonore, j'ai…

Il sortit son portefeuille et en tira, presque religieusement, un papier plié en huit.

– Un document « Chiche-Capon », fit-il. Le seul qui existe encore, je suppose. C'est toi qui l'as rédigé, vieux romancier, une nuit, dans la classe de sciences. Il expose notre programme, tel que tu l'imaginais. Il est drôle ! Lisez.

– Dieu ! soupira le romancier. C'est bien mon écriture. Elle n'a pas changé.

– It is ! fit le voyageur. Rien n'a changé ! Lepicq a conservé ses yeux de hibou ; moi, ma face en lame de couteau ; toi, ton nez plat. Mais lisez…

Ils lurent cette évocation délirante du numéro 95 :

« Je nous vois descendant du pullman-car à Washington, Cincinnati ou Philadelphie. Nous échangeons un farouche et chaud *shake-hand*. Et, tout de suite, c'est l'Aventure… Tour à tour interprètes, mécaniciens, balayeurs de rues, marchands de cacahuètes sur les bords de l'Hudson, aujourd'hui businessmen brassant des millions, demain vagabonds, mais toujours riches de la fantaisie qui erre dans nos caboches, vivant de pain et d'eau, nous bondissons de New York à San Francisco, de Dawson City à Boston, des Grands Lacs au Klondike, traversons la Floride à marches forcées, acceptant bonne ou mauvaise fortune avec le même visage impassible. Pour un oui ou pour un non, nous filons de Mexico en Bolivie, de Rio de Janeiro à Buenos Aires.

« Mais pourquoi nous borner à l'Amérique ? Nous passons en Afrique, allons du Cap au Caire, volons aux Indes, visitons l'Hindoustan, la Perse, le Tibet, sautons l'Himalaya, retombons à pieds joints en Chine, courons à Pékin… On nous croit ici ? Nous sommes déjà aux antipodes ! Ah ! s'égarer dans le bush australien… »

— Et voilà ! déclara le voyageur.

— Voilà, quoi ?

— Voilà ! J'ai exécuté le programme. J'ai fait tout ça !

— À propos ! s'exclama Lepicq. Nous diras-tu pourquoi tu t'es enfui de Saint-Agil sans me prévenir, en m'y laissant seul ? Tu n'avais pas l'excuse de t'être vu enlevé et séquestré, toi…

— Well ! C'est tout simple. Je croyais que notre ami le romancier avait réellement gagné les États. Je me suis dit : « Il n'a envoyé qu'une carte postale. Well ! moi, aussi, je ferai ! Je prendrai ma revanche. » Et j'ai fait ! J'ai expédié le câble ! Aussi laconique, mais encore plus américain ! Ainsi, cher vieux Lepicq, toutes tes déductions sur ma disparition étaient fausses. Et dis-moi à présent : qu'as-tu fait, depuis ?

— Suivi ma voie, moi aussi ! Je suis avocat et détective. L'aventure de Martin squelette aura été ma première affaire !

— Détective ! Wonderful ! L'agence Pinkerton… Le Jules Huret… vous vous rappelez ? Un damné vieux farceur, ce Jules Huret. Et comment va le business ?

— Heu… fit Lepicq. Par ces temps de crise…

— Une question, dit le romancier.

— Je t'en prie.

— D'où diable t'est venue l'idée de déterrer, la semaine dernière, la classe que nous avions enterrée en 1914 ?

— Justement… commença Lepicq avec vivacité.

Mais il n'acheva pas sa phrase.

– Le culte du souvenir ?

– Pas précisément…

Un peu embarrassé, l'avocat hésitait. Il se décida.

– Je voulais retrouver les noms de nos anciens condisciples, que j'avais à peu près tous oubliés – à l'exception des vôtres, naturellement. Après ce tourbillon de la guerre qui avait séparé tant d'êtres… Je ne savais même pas si tu étais encore vivant, vieux romancier ! Mon intention était de me livrer à des recherches concernant certains de nos camarades de jadis. Quelques-uns pouvaient avoir fait brillamment leur chemin et être en état de me confier une affaire, par exemple…

– Je comprends ! Mais pourquoi ne pas aller demander directement ces renseignements à l'actuel directeur de Saint-Agil ? Tu sais que c'est Mirambeau. Enfin… celui que j'appelle Mirambeau dans mon roman. L'Œuf, quoi ! L'animal a fait toute la guerre sans une égratignure. Et tu l'aimais bien…

– Précisément… Je l'ai vu, d'ailleurs, et c'est lui qui m'a dit que je te trouverais ici… Seulement… je ne l'ai vu qu'après avoir déterré la classe… Avant, cela m'aurait gêné…

– Ce n'est pas d'une clarté ! plaisanta le romancier.

– Ma foi, lâcha Lepicq, je puis bien vous le dire, à vous ! Cela me gênait à cause de mon costume. Trop miteux !

– Il est parfait, ton costume ! Que lui reproches-tu ?

– À celui-ci rien ! Je parle de celui que je portais à ce moment-là. Celui-ci, il a fallu que je déterre la classe pour l'avoir !

– Comment cela ?

– Sur le parchemin, j'ai retrouvé le nom de Nercerot… c'est-à-dire Thoumazet, l'aspirant champion. Ce nom m'a rappelé les Galeries modernes meldoises. J'y suis allé faire un tour, à tout hasard. Et j'ai trouvé mon Thou-mazet qui avait repris l'affaire de son père défunt. Il m'a vendu à crédit ce complet !…

Il y eut un silence.

– Notez bien, reprit Lepicq, je ne me tourmente nullement. Pour l'instant, cela va plutôt mal… Mais ce n'est qu'une passe difficile. Précisément, j'ai en vue une combinaison for-mi-da-ble. Que je trouve seulement trente mille francs, et…

– Si je les avais, mon vieux Lepicq, soupira le romancier. Hélas ! l'agriculture, en ce moment, comme rapport…

Le voyageur avait dressé le nez, ses lèvres s'agitaient.

– Well ! fit-il. J'ai !

– Qu'est-ce que tu as ?

– Je dis : j'ai la monnaie. Je peux fournir.

Il tira de sa poche un carnet de chèques.

– Je signe, tout de suite.

– Tu es fou ? s'écria Lepicq. Je ne veux à aucun prix ! Je n'accepte pas !

– Well ! Tu acceptes, répliqua le voyageur. Qu'est-ce que c'est, deux mille ? Rien !

– Deux mille ?

– Dollars, yes. Le dollar est à quinze.

Dans son coin, Jugonde observait la scène avec un intérêt passionné. C'est que son costume était aussi effrangé, ses souliers aussi avachis que ceux qu'avait abandonnés

Lepicq, huit jours plus tôt, à Meaux, dans le salon d'essayage du magasin de Thoumazet.

Le secrétaire songeait : « Ah ! posséder des chaussures jaunes à semelles crêpe, une casquette anglaise et un complet-veston bleu marine – avec deux pantalons, si c'était possible… Pourvu que le patron accepte ! »

Le voyageur avait décapuchonné son stylo. Il écrivait rapidement, signait, contraignait Lepicq à prendre le chèque.

– Tu me rends plus tard, quand tu as succédé.

– Succédé ?

– Je veux dire : quand tu as eu le succès !

Il y eut encore un silence. Une vache meugla dans une étable proche.

Sur les prairies s'allongeaient les ombres avant-courrières de la nuit. L'herbe se fonçait. Les lignes se fondaient, devenaient floues. Des écharpes de brume flottaient.

– Le cher Quadremare est mort, je crois ? demanda le voyageur.

– En 27, oui. Crise d'urémie.

– Pauvre homme ! C'était un chic type. Et Benassis ?

– Mort à la guerre.

– Planet, l'homme volant ?

– Mort à la guerre. Comme Darmion. Comme Cazenave. Comme Victor, le moniteur. Les autres : emportés… dispersés…

– Donadieu ?

– Il vit encore. Il est dans une maison de retraite.

– Il s'occupe toujours de reliure ?

– Non. Trop vieux.

– Et Boisse, au fait ?

Le romancier prit dans son portefeuille un billet de cent francs, s'approcha de la fenêtre et, à la clarté déclinante du jour, il lut :

« L'article 139 du Code pénal punit des travaux forcés ceux qui auront contrefait ou falsifié les billets de banque autorisés par la loi… »

– Pour combien de temps l'ont-ils envoyé là-bas ? questionna le voyageur.

– À perpétuité.

Sur la route caillouteuse, on entendait sauter les roues d'une carriole. Dans la cour, un domestique tirait de l'eau à un puits pour abreuver les bêtes : la chaîne claquait, la manivelle grinçait. Une femme rabattait une troupe d'oies vers la volière. Des porcs grognaient.

– Il va bientôt falloir allumer la lampe, dit le père du romancier.

À la même seconde, une servante parut au seuil de la pièce, une lampe à la main.

Les trois amis se considérèrent en souriant.

Le voyageur offrit des cigares, en alluma un et dit :

– Puis-je te troubler encore, cher vieux romancier, pour un cognac de nouveau ?

Le pourquoi…

Pourquoi j'ai écrit *Les Disparus de Saint-Agil.*

La photographie d'un groupe de collégiens en uniforme et casquette, visages menus sur lesquels, trente années plus tard, on ne parviendra plus à mettre même un nom : voilà, pour moi, *Les Disparus de Saint-Agil.* Si je porte une particulière tendresse à ce roman ainsi qu'au film qui en fut tiré, c'est que ce récit – qui n'est, au fond, sur le plan de l'intrigue, que le rêve un peu fou d'un jeune collégien – comporte une base authentique, une part d'autobiographie. Il m'a procuré le plaisir inéluctablement mélancolique d'évoquer ma prime adolescence, du temps que je pâlissais sur Cicéron, dans un internat. Très exactement à la pension Sainte-Marie, à Meaux.

Il va sans dire qu'aucun des événements mystérieux et dramatiques qui constituent la trame des *Disparus* ne s'est jamais produit à Sainte-Marie, au grand jamais ! Le directeur et les professeurs étaient les plus honnêtes gens du monde, les plus affectueux, et les plus dévoués.

On n'y a jamais kidnappé les élèves, et les maîtres n'ont jamais songé à s'assassiner entre eux à qui mieux mieux, bien sûr ! Tout cela, c'est « le roman ».

N'empêche qu'il exista une société secrète à Sainte-Marie ! La « redoutable » Société des Chiche-Capon. Elle se composait de trois membres : le numéro 22, le numéro 7 et le numéro 95. J'étais le numéro 95. (Entendez par là que tout mon linge était marqué à ce chiffre !) Je rêvais déjà d'écrire des romans. Je me rappelle encore l'abbé Bernard, notre professeur de troisième, brandissant devant la classe hilare une de mes narrations françaises et prophétisant : « Vous, Véry, dans quinze ans, vous publierez des romans-feuilletons ! » Des romans-feuilletons, ô suprême honte !… Quinze ans plus tard, mon premier roman, *Pont-Égaré*, paraissait à la N.R.F. Ce n'était, à vrai dire, pas un roman-feuilleton, mais, à travers un récit poétique, une évocation de mon enfance. (Des souvenirs, déjà !)

Le numéro 22 était mon ami Georges Ninaud. Depuis cette époque lointaine, les années, loin d'altérer cette amitié de collège, n'ont fait que la renforcer. Ninaud, lui, était l'aspirant globe-trotter ! Disons, pour emprunter à Pierre Mac Orlan une expression savoureuse, qu'il était de la graine des Aventuriers Actifs, alors que je représentais, moi, l'Aventurier Passif.

Le numéro 7 était l'aspirant détective. Du numéro 7 et de ses activités actuelles sur cette planète, je ne puis rien révéler. Nous sommes tenus au secret. Appelons-le, si vous le voulez bien : « le troisième homme »…

Les trois membres de la Société secrète des Chiche-

Capon avaient formé un projet fabuleux : se rendre un jour aux États-Unis !… Cela peut faire sourire aujourd'hui, mais, en ce temps-là, aux yeux de la plupart des jeunes, l'Amérique était parée des mille et un prestiges de l'imagination, sous le signe de Jack London, de Curwood et – n'oublions pas l'humour ! – de Mark Twain et de O. Henry. L'Amérique : le pays des gratte-ciel et des gangsters (Oh, Nick Carter !…), des cow-boys et des Indiens (Oh, Buffalo Bill !…), des trappeurs et des chercheurs d'or (Oh, Auzias-Turenne !…). L'Alaska, le Klondike, les placers, les sacs de poudre d'or, les pépites grosses comme ça !… C'était l'Amérique des *Mystères de New York* (Chère Pearl White, dont nous étions tous amoureux !…) et des premiers *Charlot*…

C'était la terre bénie de l'Aventure – de toutes les Aventures – où, indigent aujourd'hui, il ne tenait qu'à vous de devenir, du jour au lendemain, archimilliardaire… ou président de la République ! Fascinante Amérique avec, dressée sur son seuil, la statue de la Liberté et qui n'allait pas tarder à s'engager à nos côtés dans la plus dramatique des Aventures : la Première Guerre mondiale…

« Longue vie et dollars !… » : telle était notre façon de nous souhaiter bonne nuit, notre salut matinal, notre mot de passe ! Et nous avions rayé de notre vocabulaire l'expression poignée de main : nous n'échangions que des *shake-hand* !

Pour atteindre cet objectif fabuleux : gagner les USA, nous compulsions religieusement, en salle d'étude, le cher vieux *Catalogue des Armes et Cycles de Saint-*

Étienne (j'en conserve encore, pieusement, un exemplaire !). Nous dressions puérilement la « liste du Bagage Indispensable à l'Aventurier digne de ce nom » : une pelote de ficelle, fil et aiguilles, trousse à médicaments, un couteau à six lames, avec tournevis, ciseaux, poinçon, vrille, scie, ouvre-bouteilles et surtout ouvre-boîtes de conserve. (Pensez donc : le corned-beef, et ces potages tout préparés dont les dénominations nous faisaient saliver : *turtle-soup, mulliga-toony-soup* !...)

Je ne suis jamais allé aux USA. J'étais, je l'ai dit, l'Aventurier Passif ! J'écrivais un roman où je racontais par avance « nos aventures et nos exploits quand nous serions de l'autre côté de la mare aux harengs ».

Il était pourtant dit que, ce projet fabuleux, l'un de nous le réaliserait. Georges Ninaud, bien entendu, le globe-trotter en herbe !

Un beau matin, il n'y eut plus de Georges Ninaud ! Il avait disparu !... sauté le mur !...

Quelques mois plus tard, je reçus une carte postale ornée du prestigieux cachet de la poste de Cincinnati (Ohio. USA) et portant pour tout texte : CHICHE-CAPON 22 ! Deux mots et un numéro ! Et un orgueilleux point d'exclamation !

Sans argent, ne bredouillant que trois mots d'anglais, Ninaud avait réussi à s'embarquer sur un paquebot comme passager clandestin ! Après maintes péripéties homériques, il avait pu fouler de son pied le sol de l'Amérique !

Là-bas, le jeune *Frenchman* connut des aventures extraordinaires, des heures tissées d'angoisse, de drame et aussi d'une intense cocasserie. C'est mon grand regret de n'être jamais parvenu à le décider à en écrire le récit. À plusieurs reprises, notamment, il n'eût tenu qu'à lui – la chose est strictement vraie ! – de devenir du jour au lendemain milliardaire – exactement comme dans nos rêves ! Mais la fortune ne l'intéressait pas. Seul, le voyage l'intéressait. L'*Ailleurs*… Il repoussait courtoisement la fortune, bouclait sa valise (minuscule !). Un globe-trotter ne s'encombre pas de bagages ! Juste « l'indispensable » !… Pyjama, rasoir, blaireau, brosse à dents – et en route !…

Je l'ai vu reparaître un jour, sans préavis, comme un champignon, dans un extravagant costume très *yankee*, s'exprimant en anglais avec l'aisance d'un *yankee*, mais ayant, en revanche, presque oublié le français, qu'il parlait avec un atroce accent. Lorsqu'il ne trouvait pas un mot : « Comment dites-vous, en français ? » me demandait-il !…

Il avait réalisé – et au-delà ! – le programme des Chiche-Capon. Il l'avait courue, la planète, en long, en large et en travers !

Beaucoup plus tard, il me montra nombre de « documents secrets » que nous nous remettions, de la main à la main, jadis, à Sainte-Marie. Moi, je n'en avais gardé aucun. Lui, il les avait conservés tous. Très conservateur, au fond, ce globe-trotter !

L'un d'eux était une évocation délirante, écrite de ma main, sur une feuille de papier d'écolier :

« *Je nous vois descendant du pullman-car à Washington, Cincinnati ou Philadelphie. Nous échangeons un farouche*

et chaud shake-hand. *Et, tout de suite, c'est l'Aventure…*
Tour à tour interprètes, mécaniciens, balayeurs de rues,
marchands de cacahuètes sur les bords de l'Hudson,
aujourd'hui businessmen brassant des millions, demain
vagabonds, vivant de pain et d'eau… »

Ce fut ce jour-là, à cause de cela, que me vint l'idée
d'écrire *Les Disparus de Saint-Agil,* en souvenir…

Et à l'intention de tous ceux qui, étant enfants, ont,
dans tous les internats de France et du monde, fondé
des sociétés secrètes…

Et de tous ceux qui continueront d'en fonder, grâce
à Dieu… aussi longtemps qu'il y aura des enfants !

Pierre Véry

Table des matières

Pierre Véry

L'auteur

Pierre Véry naît le 17 novembre 1900 à Bellong (Charentes). Il fait ses études secondaires à la pension Sainte-Marie de Meaux qu'il mettra en scène dans son roman *Les Disparus de Saint-Agil*. Épris d'aventures, il est tour à tour vendeur de spiritueux, garçon de cuisine sur un cargo ; puis il s'engage pendant trois ans dans la marine de guerre. En 1924, il travaille dans une librairie, rue Monsieur-le-Prince. Il publie, en 1929, son premier roman *Pont égaré*, puis *Danse dans l'ombre*. En 1930, il obtient le prix du roman d'aventures avec *Basil Crookes*. Dès lors, il ne cesse d'écrire : *Les Disparus de Saint-Agil*, *L'Assassinat du Père Noël*, *Goupil main rouge*... Il porte à l'écran, en 1938, *Les Disparus de Saint-Agil* pour le réalisateur Christian-Jaque. Il meurt à Paris, en 1960.

Nathaële Vogel

L'illustratrice

Nathaële Vogel est née à Strasbourg en 1953. Elle étudie aux beaux-arts de Tourcoing puis se rend à Paris où elle commence à illustrer des ouvrages en noir et blanc dans les collections Cascade (éditions Rageot) et Folio Junior. Elle réalise ensuite des livres en couleur, des documentaires et des albums (notamment chez Actes Sud). Passionnée par l'image depuis son plus jeune âge, Nathaële Vogel est également peintre et auteur : elle a écrit et illustré deux albums parus aux éditions Milan : *Le Nounours de Noël* et *Comme un cerf-volant*.

Mise en pages : Didier Gatepaille et Anna Sarocchi

Loi n° 49-956 du 16 juillet 1949
sur les publications destinées à la jeunesse
ISBN : 978-2-07-057713-2
Numéro d'édition : 172759
Premier dépôt légal dans la même collection : novembre 1981
Dépôt légal : octobre 2009

Imprimé en Espagne chez Novoprint (Barcelone)